SCIENCE FICTION

Herausgegeben
von Wolfgang Jeschke

MICHEL JEURY

DIE INSELN IM MONDE

Science Fiction Roman

Deutsche Erstveröffentlichung

WILHELM HEYNE VERLAG
MÜNCHEN

HEYNE-BUCH Nr. 06/4162
im Wilhelm Heyne Verlag, München

Titel der französischen Originalausgabe
LES ÎLES DE LA LUNE
Deutsche Übersetzung von Georges Hausemer
Das Umschlagbild schuf Klaus Holitzka

Redaktion: Friedel Wahren

Printed in Germany 1985
Umschlaggestaltung: Atelier Ingrid Schütz, München
Satz: Schaber, Wels
Druck und Bindung: Elsnerdruck GmbH, Berlin

ISBN 3-453-31117-5

Für Jean-Christophe Escudié

Und selbstverständlich weiß jeder,
daß die Sterne nur am Himmel befestigte
Lichter sind.

CLIFFORD D. SIMAK, *City*

ERSTER TEIL

ERSTES KAPITEL

Mit bloßem Kopf, das schwarze Haar glatt an das magere gebräunte Gesicht geklebt, die Hände in die Hüften gestemmt, so starrte Algis Adamci in den Himmel, den er nicht sehen konnte.

»Beeilen Sie sich, Herr Adamci!« rief Abou Bo, der Chef der Überwachungsmannschaft. »Es ist ein klimatischer Angriff. Höchstwahrscheinlich haben die Leute von Lackawanna Ihren Standort ermittelt!«

»Wir, wir nennen das einen *Bisonsturm*, Herr Adamci«, sagte Togo Jeff, Abous Stellvertreter. »Ich nehme an, daß Sie noch nie unter einen Bison geraten sind. Mir ist das einmal passiert!«

»Und seitdem sieht er aus wie ein großer gebrechlicher Affe!« spottete der Pilot des Luftkissenfahrzeugs in sein Mikrofon.

»Bisonsturm, Schwindelsturm!« fügte Martin Leroux, der einzige Franzose in der Mannschaft, mit leiser Stimme hinzu.

Nein, Algis war noch nie in die Nähe eines aus diesem oder jenem Grund von Wettersatelliten ausgelösten Sturms geraten. Aber diese Entfernung lockte ihn. Wenn er hätte sterben müssen, so wäre er gerne auf diese Weise gestorben ... Absurd, dieser kleine Krieg der Mikroklimen in der dreigeteilten Zone Südfrankreichs. Aber er fühlte sich nicht ganz unschuldig: Seine Freunde aus Lackawanna hatten das Gewitter wahrscheinlich ausgelöst, um ihm zu helfen. Um mir zu helfen, dachte er, oder um mich loszuwerden!

Anscheinend schöpfte die Überwachungsmannschaft nicht den geringsten Verdacht. Aber Madame Dantika drohte etwas zu ahnen, später. Algis war der Privatsekretär von Loé Dantika, der Besitzerin von Bora-Aul. Und er war blind. Zwei gute Gründe, sich nicht allein in einer als gefährlich angesehenen Zone aufzuhalten, mehrere Kilometer von der Phasenbarriere entfernt ... Er mußte die Rolle des ahnungslosen Poeten weiterspielen!

Wie ein Menhir stand er da, inmitten der Binsen und Wasserpflanzen, die an seinen enganliegenden Stiefeln die Schenkel hochstiegen. Stiefel zu tragen war ein Fehler. Sie deuteten auf eine gewisse Vorsätzlichkeit der Flucht hin. Doch er benötigte sie dringend. Bald würde das Wasser ihm bis an die Knie reichen. Er wußte, daß sich in dem Revier ein Graben zur Bodenentwässerung befand. In Zeiten des Hochwassers, nach einem Gewitter, entstand ein breiter Bach, dessen schmutzige Fluten die Ebene überschwemmten. Algis war besessen von dem Gedanken, die Wächter würden ihn zum Graben führen und ihn dort ertränken, um seinen Tod als Unfall zu tarnen. Aber da sie nun einmal keinen Verdacht schöpften ... Und schließlich gehörte auch Gella zur Gruppe. Zweifelsohne war sie es, die ihn gefunden hatte. Er war ihr sympathisch. Vielleicht beschützte sie ihn.

Mühelos konnte er sich eine wasserartige Eisbank vorstellen, ein für die nahen Orkane typisches Nebelgebilde, das sich zwischen Bora-Aul und Lackawanna langsam nach Norden bewegte. Bald würde noch eine andere, dunkelbraune Wolkenmasse auftauchen, direkt über dem Boden, um die Gestalt eines gewaltigen Horntiers mit riesigem Kopf und kurzen Beinen annehmen. Von einem hundertfünfzig oder zweihundert Stundenkilometer schnellen Wind getragen, würde sie etwas später gegen die Phasenschranke von Bora-Aul donnern. Die Schreie der Wachtposten würden Algis warnen, falls er das gewaltige Dröhnen des herangaloppierenden ›Bisons‹ nicht erkannt hätte. Selbstverständlich würden Hunderte von Hektar Land auf dem Territorium der klimatischen Hauptregierung sogleich zerstört werden.

Algis rechnete: Seit Beginn des Jahres 2044 war es der sechste von der I.K.K.A. (der Internationalen Klima-Kontroll-Agentur) in der Nähe ausgelöste Orkan, der entweder auf Kosten von Bora-Aul oder von Lackawanna ging. Ein ungefähr zwanzig Kilometer breiter Landstreifen trennte die beiden Gebiete. Die Überwachungsmannschaft war Algis in dieser Zone begegnet, inmitten einer leicht eingesunkenen Ebene, die durch den jahrelangen Klimakrieg in ein Sumpfgebiet verwandelt worden war. Dort hatte die Hauptregierung nahezu fünfhundert Hektar bebautes Land zurückgelassen. Die Weiher wurden immer größer, während die angrenzenden Hügel von der Erosion abgetragen und zu gelben und schwarzen Mumienköpfen umgeformt wurden.

Gegen Norden hin erstreckten sich unendliche Getreidefelder, doch Algis konnte sie nicht sehen. Das Getreide, sagte er sich. Oder zumindest das, was nach den Winterstürmen davon übrigbleibt.

»Herr Adamci! Algis!« schrie Gella. »Kommen Sie schnell.«

Er tat so, als ob er soeben aufgewacht wäre.

»Helfen Sie mir!«

Er hörte, wie sie auf ihn zugewatet kam. Er streckte die Hand aus, und eine glatte, nasse Handfläche schloß sich um seine Finger.

Sie begann zu laufen, indem sie ihn mit sich zog. Nur wenige weit ausholende Schritte genügten, um einen Felsvorsprung zu erreichen, der quer durch das niedrige Schilf ins Moor hineinragte.

Der Wind legte sich. Algis spürte die fast feierliche und um so beklemmendere Stille, die dem Sturm vorausging. Automatisch wischte er den kleinen brennenden Tropfen weg, der auf den Rücken seiner Hand gefallen war. Die ›Säureperlen‹ in der Luft waren ein alarmierendes Zeichen.

»In zehn Minuten werden wir entweder in Sicherheit oder tot sein!« sagte Togo Jeff.

Algis malte sich den verhangenen Himmel aus, die undurchsichtige Wolkendecke, die sich auf die Erde senkte. In wenigen Minuten würde es Nacht sein. Er zitterte.

Mit einem weichen und zugleich heiseren Zischen fegte ein Windstoß über die Ebene. Der Orkan holte Luft. Die

Überwachungsmannschaft eilte ihrem Führer, Abou Bo, hinterher. Das trockene Gelände war nur mehr zwanzig Meter weit entfernt; aber große zertrümmerte Bäume versperrten den Weg. Schließlich erreichten die vier Männer und die junge Frau, die Algis führte, den Weg aus hart gewordener Erde, der durch ein Getreidefeld führte.

Das Luftkissenfahrzeug glitt ihnen entgegen, indem es sich vor einem Felsabhang schützte. Diese Art von Fahrzeug war sehr windempfindlich und konnte sich nicht ohne Risiko über das Moorland fortbewegen. Der Pilot begann an Ort und Stelle zu wenden, bevor er schließlich anhielt. Gella half Algis beim Einsteigen, wobei sie sich etwas fester als unbedingt nötig an ihn drückte.

In dem Augenblick, da sie sich bückten, um die Kabine zu betreten, stürzte ein Regenguß auf sie nieder. Gella lachte gereizt auf. Ein heftiger Hagelsturm prasselte auf die Motorhaube.

Algis griff sich an die Brust. Die Luft in den Lungen brannte. Togo Jeff begann zu husten.

»Die Herbizide«, erklärte Abou Bo. »Die Hauptregierung verschont uns nicht mit diesem chemischen Dreck.«

»Sie haben eben erst wieder ganze Tonnen davon abgeworfen«, sagte Leroux.

»Worüber beklagt ihr euch eigentlich?« fragte Algis. »Wenn die Hauptregierung nicht komplett faul wäre, gäbe es gar keine Mikroklimen. Dann wärt ihr womöglich gezwungen, in einer panafrikanischen Fabrik oder auf einer sibirischen Landfarm zu arbeiten.«

»Sie haben recht, Herr Adamci«, sagte Abou Bo in wenig überzeugtem Ton.

Algis hatte das Gefühl, von weißem Licht umhüllt zu sein. Er kannte dieses Symptom sehr gut. Seitdem er beschlossen hatte zu erblinden, um den Sekretärsposten bei Madame Dantika zu bekommen, kannte er dieses Symptom nur zu gut: Es war die Angst vor der Blindheit. Noch immer fühlte er sich entsetzlich bedroht, und er hätte viel darum gegeben, die Gesichter seiner Gefährten zu sehen, ihr Verhalten und ihre Bewegungen beobachten zu können. In diesem Augenblick wäre er sogar bereit gewesen, ohne Zögern seinen Jugendtraum aufzugeben, nämlich Besitzer eines Mikroklimas zu werden. Ein kindisches Bestreben, das ihn dazu veranlaßt hatte, in die Dienste von Sir Allen Inverkeithing zu treten, dem amerikanischen Direktor der dreigeteilten Zone, und sich dann die Netzhaut entfernen zu lassen, um die Panafrikaner bespitzeln zu können. Loé Dantika wollte immer schon einen blinden Sekretär um sich haben ...

Seine Arbeit wurde gut bezahlt, aber Algis zog es vor, nichts vom Stand seines Kontos bei der I.K.K.A.-Bank zu wissen. Auf jeden Fall handelte es sich um eine lächerliche Summe.

›Mikroklima‹ nannte man die privaten Grundstücke, die wenigstens 15 533 Hektar (zehn mal sechs Meilen) groß waren, von einer Phasenbarriere geschützt und von der I.K.K.A. überwacht wurden. Die auf diese Gebiete zutreffenden Bestimmungen hingen von den einzelnen Ländern und noch anderen Kriterien ab, die umfassende interne Selbstständigkeit genossen. Und die Grundbesitzer hatten auf ihrem Gebiet dieselbe Macht wie die großen Feudalherren im frühen Mittelalter. Die Lehnstaaten kamen so oder so auf ihre Kosten, ob offiziell oder im geheimen, ob legal oder nicht. Auf ihrem eigenen Gebiet hatten die Vasallen nur eine einzige oberste Pflicht: die Aufrechterhaltung und Weiterentwicklung eines natürlichen Lebensraumes, der festen Regeln unterworfen war. Und dafür mußte teuer bezahlt werden ... Trotz des privilegierten Postens, den er innehatte, hatte Algis den Finanzplan Loé Dantikas nie genau erfahren können. Was den Wert von Bora-Aul betraf, einem Mikroklima mit einer Fläche von vierhundert Quadratkilometern und einer Einwohnerzahl von dreißig Millionen, so war nach grober Schätzung mit einer Milliarde Gecs (General Currency) zu rechnen.

Fast mußte Algis lachen. Wenn er zwanzigtausend Jahre lang den Spion spielen würde, könnte er sich vielleicht ein

Viertel dieser Summe zusammensparen! Seinen verrückten Traum hatte er längst vergessen. Aber er wollte so weitermachen bis zu dem Tag, da man ihn schnappen würde. Und dieser Tag wäre um ein Haar derjenige gewesen, den er soeben erlebt hatte ...

Im Schutz des Hovercars, der auf seinen Luftkissen schnell in Richtung Bora-Aul dahinglitt, konnte sich Abou Bos Mannschaft nach und nach entspannen. Man tauschte Meinungen aus, machte witzige Bemerkungen und lachte. Algis aber konnte sich nicht beruhigen. Ihm schien, als würde er nie wieder zur Ruhe kommen, solange man ihm sein Augenlicht nicht wiedergab. Und wegen dieses Gefühls hatte er schließlich einen großen Fehler begangen.

Gella drückte sich fest an ihn; sie suchte seine Hand auf der Bank, drückte sie ... Glaub bloß nicht, damit wärst du schon gerettet! dachte er. Es ist eher ein Zeichen von Langeweile ... Durch das Tor von Dahomey erreichte das Fahrzeug Bora-Aul und steuerte dann in nordwestlicher Richtung auf den Hauptsitz Revention zu. Algis bewohnte ein Appartement im Hotel Kaloum, dem Regierungspalast Loé Dantikas. Ferner besaß er eine Villa in Rosejaune, einer Stadt im Osten, die die Besitzerin als ihre Sommerresidenz bezeichnete. Da er Urlaub hatte, hätte er seine Villa aufsuchen können: Die Erklärungen hätte man auf morgen verschoben. Aber wozu? Und zudem gab es keine Beweise dafür, daß er Loé Dantika heute treffen würde. Nichts deutete im übrigen darauf hin, daß sie sich in Revention aufhielt ...

»Tiaroye«, meldete Gella. »Nkoumi ...«

Diese Dörfer lagen in unmittelbarer Nähe von Revention. Zu spät, um die Fahrtrichtung zu ändern. Natürlich könnte Algis im Hauptsitz einen automatischen Wagen mieten und sich nach Rosejaune verziehen; aber dies würde zu sehr nach Flucht aussehen ... So beschloß er, die Sache anzugehen.

»Bald sind wir da«, sagte Abou Bo. »Ist ...«

Er beendete den Satz nicht. Das Luftkissenfahrzeug hielt

auf dem Hauptplatz von Revention, den man gewöhnlich als den Schloßplatz bezeichnete. Algis hätte die Umgebung, in der er lebte, mühelos beschreiben können, auch wenn er sie niemals wirklich gesehen hatte. Das ›Schloß‹ – das war das Hotel Kaloum, das größte, das mächtigste und das häßlichste der drei Hotels am Platz. Ein Dutzend verschiedenartiger Gebäude umgab einen quadratischen Platz mit einem Brunnen in der Mitte, über dem die recht gelungene Reiterstatue eines als Cowboy verkleideten Schauspielers aus dem zwanzigsten Jahrhundert wachte. Die Gebäude bestanden aus massiven gelblich – grauen, kalten Betonblöcken ohne jede Anmut. Afrikanische Namen maskierten den Kult des Viktorianischen Englands und des amerikanischen Westens. Typisch George King, dachte Algis. Diese Panafrikaner sind sehr schwierige Menschen ... George King war der Ehemann von Loé Dantika. Ein äußerst vorsichtiger Mensch, der so gut wie nie im Mikroklima zu sehen war. Aber Revention war seine Hauptstadt.

Algis stieg aus dem Luftkissenfahrzeug. Gella hielt ihn am Arm fest.

»Können Sie gehen, Herr Adamci?«

»Selbstverständlich! Ich bin blind und nicht gelähmt.«

Gella schaute ihn fragend an und lachte.

»Sind Sie *wirklich* blind?«

Auf der ersten Stufe einer riesigen Treppe hielt Algis inne.

»Wieso fragen Sie?«

»Entschuldigen Sie, Herr Adamci ... Algis. Aber Sie benutzen nie den elektronischen Führer. Und da fragte ich mich, ob Sie nicht vielleicht ein künstliches Sehvermögen besitzen, oder was weiß ich.«

»Nein«, antwortete er schroff.

Sie hatte seinen Arm nicht losgelassen. Er versuchte nicht, sich zu befreien. Er zog sie mit sich die muschelverzierten graublauen Stufen hoch. Sie gelangten auf eine Felsenterrasse, die im blassen Schatten von Mammutbäumen lag. Algis lächelte.

»Ich werde Ihnen später erzählen, warum ich keinen elektronischen Führer bei mir trage.«

»Ist es ein Geheimnis?«

»Kein wirkliches ...«

Algis sprach dennoch leiser. Er blieb neben einem automatischen Wetterbeobachtungsposten stehen.

»Lesen Sie mir die Temperatur ab!« sagte er.

»Neunzehn Grad Celsius ... fast zwanzig.«

»Schauen Sie weiter unten. Dort ist eine Tafel mit den Angaben zu verschiedenen Punkten in Bora-Aul angebracht. Lesen Sie mir die Temperatur, den Luftdruck, die Windstärke in Rosejaune und in Dixinn ab ...«

Gella las die Zahlen vor. Algis zog daraus den Schluß, daß der von Lackawanna ausgelöste Sturm keine ernstlichen Störungen im Innern des Mikroklimas hervorgerufen hatte.

Sie eilten mehrere Treppen hinunter, stiegen eine andere Treppe wieder hinauf, liefen über einen Verbindungsgang und gelangten auf die Terrasse der ersten Etage des Hotels Kaloum.

»Sehen Sie einen Wächter oder einen Milizsoldaten?« fragte Algis.

Die junge Frau sah sich nach allen Seiten um und schüttelte den Kopf.

»Nein, ich sehe niemanden. Warum?«

Algis antwortete ihr nicht. Er wußte, daß die Zahl der Polizisten in Bora-Aul lächerlich klein war. Die Simaks hatten weder die Kraft noch das Verlangen, sich gegen das herrschende System aufzulehnen. Die Behandlung raubte ihnen jeden diesbezüglichen Gedanken und machte sie zu gefügigen und glücklichen Sklaven. Dasselbe Schicksal, das auch mir bevorsteht, wenn ich geschnappt werde, dachte Algis.

ZWEITES KAPITEL

Gella stieß einen Schrei der Verwunderung aus.

»Hier wohnen Sie also! Alle diese Zimmer gehören Ihnen? Das ist ja großartig!«

»Amtswohnung im königlichen Palast«, lachte Algis höhnisch. »Dabei übertreibe ich kaum. Aber das hat nicht nur seine Vorteile ... Vier Zimmer: Auf drei davon würde ich gerne verzichten, wenn ich mein Augenlicht wieder haben könnte!«

Sogleich schämte er sich, dies gesagt zu haben. Er hatte seine Augen für eine Prämie geopfert, die in etwa dem Wert dieser Wohnung entsprach. Wenn seine Mission erfüllt war, würde er, dank einer Operation, sein Augenlicht selbstverständlich wiederbekommen. Und dafür eine beachtliche Entschädigung ausbezahlt bekommen ... Vorausgesetzt, seine Mission endete nicht in einer kalten Gosse oder einem Barackenlager der Simaks, wo er dann, stumpfsinnig, einfältig und fügsam geworden, den Rest seiner Tage verbringen würde! Gab es eigentlich blinde Simaks?

Schweigend sah Gella sich die vier luxuriösen Zimmer an, die Algis mit Büchern, Zeitungen und elektronischen Geräten vollgestopft hatte. Ihr fiel auf, daß es keine Küche gab. Aber ja doch, die Mahlzeiten wurden den Pensionsgästen vom Personal zubereitet. Sie betrat ein Zimmer, in dem ein großes Durcheinander herrschte; einen Augenblick lang zögerte sie, bevor sie damit begann, das Bett zu machen. Algis bemerkte dies.

»Lassen Sie doch!« sagte er. »Das ist die Arbeit der Simaks. Sie hätten schon am Vormittag kommen müssen, aber sie sind nicht sehr eifrig.«

»Die Simaks ...«, begann Gella.

Dann wechselte sie plötzlich das Thema.

»Sie haben mir Ihr Geheimnis noch immer nicht verraten,

Algis. Sie wissen doch: Der Grund, warum Sie keinen elektronischen Führer haben ... Es gibt doch keine ... Man kann ...«

Sie deutete eine fragende Geste an, zeigte auf ihre Ohren und in verschiedene Ecken des Zimmers. Dann fiel ihr wieder ein, daß ihr Kollege sie ja nicht sehen konnte. Mit einem Achselzucken fragte sie:

»Gibt es hier keine Wanzen? Können wir unbesorgt miteinander reden?«

»Keine Mikrofone, meinen Sie? Wir sind in Revention, nicht in Taschkent! Übrigens«, – trotz seiner Gewißheit sprach er nun instinktiv leiser –, »Madame Dantika hält sich nicht damit auf, zu *lauschen*. Sie *schaut* lieber zu.«

Er lachte.

»Einer meiner Stiefelverschlüsse klemmt. Können Sie mir helfen?«

Gella eilte ihm zu Hilfe. Sie zog ebenfalls ihre Schuhe aus, während Algis eine Tischbar (die sich sonderbarerweise auf einem einzigen röllchenversehenen Bein bewegte) in die Mitte des rautenförmigen Zimmers schob. Das Zimmer war nicht wirklich rautenförmig, doch die Spiegel in den Zimmerecken vermittelten diesen Eindruck. Und Algis konnte das nicht sehen. Gella nahm ein Glas Guineischen Wodka. Die meisten Luxusartikel wurden aus Afrika nach Bora-Aul importiert. Algis trank ein Glas Zitronenpalmwein. Die junge Frau näherte sich ihrem Kollegen und legte ihm eine Hand auf den Arm.

»Sie haben nicht auf meine Frage geantwortet.«

»Ach ja. Madame Dantika spaziert oft nackt umher. Das ist einer der Gründe, warum sie einen blinden Sekretär um sich haben will. Mit einem elektronischen Führer wäre es mir bestimmt nicht möglich, die Feinporigkeit ihrer Haut zu bewundern. Aber er würde es gewiß nicht versäumen, mich darauf hinzuweisen, daß sie nackt ist! Und deshalb werden diese Geräte hier nicht besonders geschätzt.«

»Hm, das sehe ich ein. Ach, entschuldigen Sie!«

Algis lachte erneut. Mit einem Mal war er überaus gut gelaunt, und da er wußte, daß seine Unbekümmertheit nicht allzu lange anhalten würde, wollte er dies ausnutzen.

»Ich lade Sie zum Abendessen ein, Gella!«

»Aber ...«

»Wir können ins Speisezimmer im Erdgeschoß hinuntergehen oder aber auf die Terrasse hochfahren. Wir können aber auch hierbleiben und uns von einem Simak bedienen lassen.«

»Von einem Simak?«

»Natürlich.«

Schließlich willigte Gella dann doch ein. Algis bestellte das Essen. Es war kurz nach achtzehn Uhr. In fünfzig Minuten würde die Bedienung beginnen. Der lokale Rundfunksender erwähnte in den Nachrichten von achtzehn Uhr fünfzehn ein klimatisches Gewitter. Die Phasenbarriere hatte gut standgehalten. Die Folgen im Innern des Mikroklimas schienen unter Kontrolle zu sein. Aber natürlich ging dies auf Kosten eines Energieverbrauchs von schätzungsweise fünfhunderttausend Gecs. Algis rechnete: eine Summe, die ungefähr zehnmal den Wert seiner Wohnung darstellte.

»Es würde mich nicht wundern, wenn wir bald in finanzielle Schwierigkeiten gerieten.«

»Wir?« fragte Gella.

»Nun, ich meine Bora-Aul. Oder vielmehr Madame Dantika, wenn dir das lieber ist.«

Das Du war ihm einfach so entwischt. Es gehörte zum Reiz der französischen Sprache, der Zweitsprache der Panafrikaner und der Hauptsprache in Bora-Aul. Also beschloß er, beim Du zu bleiben. Gella kam auf ihre Frage zurück, die sie mehr interessierte als die finanziellen Probleme.

»Sie wissen, daß sie nackt ist? Ich meine, Madame Dantika.«

»Manchmal weiß ich es, manchmal nicht. Wenn wir im Garten spazierengehen, dann merke ich es am Rascheln der Blätter und der Gräser ... Sag mir, du ...«

»Ja ... Du ... Du kannst aber doch nicht wissen, ob sie vollkommen nackt ist?«

»Nein«, gab Algis zu.

Die junge Frau begann ihre Jacke aus mattem Kunststoff auszuziehen.

»Was tue ich im Moment?«

»Du ziehst deine Jacke aus. Und ich, was tue ich?«

Gella lachte laut auf.

»Du legst deine durchnäßte, stinkende Tunika ab. Aber für mich, für mich ist es doch nicht schwierig, das zu sehen!«

Algis näherte sich dem Wohnungsthermostat.

»Ich drehe die Temperatur um zwei Grad höher. Es ist ziemlich kühl hier. Luxusklimatisierung.«

»Was trage ich nun auf meiner Haut, Algis?«

Er trat einen Schritt näher an sie heran.

»Nein, ohne mich zu berühren!«

Er zuckte mit den Schultern.

»Dann kann ich es nicht wissen.«

»Gut, ich werde es dir sagen. Es ist eine ziemlich knappe, fast durchsichtige hellblaue Bluse mit einem Halsausschnitt und kurzen Ärmeln ...«

»Und ich?« fragte er.

Sie spielte das Spiel mit.

»Du trägst eine Jacke aus isothermischem Stoff, die mindestens fünfzig, wenn nicht gar achtzig Gecs gekostet haben muß ... Und ohne Kleider, wie stellst du dir mich vor?«

»Ohne dich zu berühren?«

»Du darfst mich anfassen«, sagte sie.

Er ging auf sie zu, befühlte mit den Fingern ihr Gesicht, ihre Haare, ihren Hals, streichelte ihre Schultern, ihre Arme, ihre Hüften. Dann half sie ihm, sich ein Bild von ihr zu machen. Sie war groß, nicht sehr schlank. Sie hatte kurzes dunkles Haar, eine großporige hellbraune Mischlingshaut. Ihre Nase war ein wenig platt, ihr Mund breit. Ihre Augen waren schwarz, die Lider leicht schlitzförmig ...

Sie wußte nicht, ob sie hübsch war; aber sie gefiel sich nicht schlecht.

»Und du, hast du dich nie selbst gesehen?«

Diese Frage erschreckte Algis. Wollte sie ihm eine Falle stellen? Seinen Akten zufolge war er von Geburt an blind. Eine Krankheit war schwerlich nachzuweisen. Im Falle eines Unfalls hätte er das Recht auf eine Prothese gehabt ... Das erinnerte ihn an eine Frage, die er sich bereits im Luftkissenfahrzeug gestellt hatte: Was will diese junge Frau eigentlich von mir? Und was weiß sie?

»Nein«, antwortete er.

»Hast du nie eine Frau gesehen?«

»Nein, weder eine Frau noch einen Mann, noch einen Hund, und auch keine Wolke am Himmel!«

Er spürte, wie diese Lüge in ihm einen wahrhaftigen Schmerz hervorrief. Nicht mehr sehr lange würde er seine Rolle spielen können.

»Du siehst noch jung aus«, sagte sie. »Du bist etwas größer als ich. Nicht viel. Du hast eine kräftige Nase, einen sinnlichen Mund und ein sehr ausgeprägtes Kinn. Deine Augen sind haselnußbraun wie deine Haare. Ich glaube, du trägst Kontaktlinsen. Man kann nicht auf den ersten Blick erkennen, daß du ...«

Sie stockte bei diesem Wort. Im selben Augenblick klingelte es an der Tür.

»Es ist Luciano, der Diener«, sagte eine melodische Stimme.

Der Mann trat ein. Der Mann oder vielmehr: der Simak. Er schien etwas schwerfällig, etwas träge und unbeholfen zu sein. Die Ärmel seiner weißen Weste waren zu lang und hingen ihm bis zu den Handgelenken herab. Er legte seine Tasche nieder und sah Gella naiv, unschuldig, kindisch an.

»Ich kenne Sie nicht«, sagte er.

»Miß Gella wohnt nicht in Revention«, sagte Algis.

»Sie ist bei Ihnen zu Besuch?«

»Ja.«

»Weiß sie Bescheid?«

»Ja! Ich finde, daß du, Luciano, für einen Simak viel Fragen stellst.«

»Das gehört zu meinem Beruf.«

»Gut. Und nun mach, daß du an die Arbeit kommst!«
»Ich bin schon dabei, mein Herr.«
»Sehr gut. Ich gratuliere dir.«
»Danke, mein Herr.«

Gella wandte sich ab. Der Simak holte einen senkrechten Zylinder aus einer Ecke des Zimmers. Er schob ihn zur Mitte, öffnete ihn, und mit einigen wenigen langsamen und gewandten Handgriffen zog er einen Tisch hervor, den er zu decken begann. Vor lauter Anstrengung hing ihm die Zunge heraus, doch seine Arbeit schien ihm großen Spaß zu machen.

Algis fragte ihn:

»Bist du ein glücklicher Simak, Luciano?«

»O ja, mein Herr. Ein sehr glücklicher!«

»Nein, bloß das nicht!« stöhnte Gella. Sie flüchtete ins Nebenzimmer, wo Algis seinen Arbeitsraum und seine Bibliothek untergebracht hatte. Auf dem Schreibtisch bemerkte sie ein hochtechnisiertes Lichttonabtastgerät. Im Lesekasten befand sich ein Gedichtband. Gella drückte eine der Tasten. Eine weibliche Stimme las bedächtig: *»Algenib, geflügeltes Roß – Zur Leier ist es entflogen! – Aber diese hochmütigen Sterne – Canopus, Wega, Betelgeuse …«* Gella schaltete das Gerät wieder aus.

Ungeordnet lagen zahlreiche Bücher auf einem Tisch mit einer dünnen Glasplatte. Eines der Bücher zog die Aufmerksamkeit der jungen Frau auf sich: *Der Simak-Vertrag* von Vahu Nsuda. Algis interessierte sich also auch für die Simaks. Sie blätterte in dem Buch und entdeckte auf dem Papier die Spuren der Lineale des Leseapparats. *Der Simak-Vertrag* war erst vor kurzem gelesen worden.

Schnell las sie die ersten Zeilen des Vorwortes: ›SIMAK: ein Subjekt unter der Inhibition des Mono-Amins K. Dieser Begriff stammt von dem französischen Biotechniker Jean-Paul Page, dem Entdecker des Mono-Amins K (K für *keen*). Heute scheint er ungerechtfertigt zu sein, denn bislang hat man die Existenz des Mono-Amins K noch nicht nachweisen können. Die von Jean-Paul Page ausgearbeitete und später von Michael Chase, Sekou Mattam, Josef und Bruno Ceren weiterentwickelte Behandlung mit Hemmstoffen ...‹

Gella hörte Algis' Schritte hinter sich. Während sie das Buch zuklappte, drehte sie sich um und sagte:

»Algis, ich glaube, ich darf nicht länger hier bleiben!«

»Warum?«

»Sie brauchen mich nicht mehr ...«

»Aber doch, ich brauche dich.«

Er legte ihr eine Hand auf den Arm. Sie näherte sich ihm und sagte leise:

»Algis, ich weiß, daß Sie sich nicht in der Gegend der Weiher verirrt haben. Ich weiß, daß Sie dorthin gegangen sind, um sich mit jemandem zu treffen. Mit einer Frau, nicht wahr?«

Algis antwortete nicht sofort. Er war unvorsichtig geworden. Nun mußte er versuchen, so wenig wie möglich zu lügen.

»Ja.«

»Eine Frau von draußen?«

»Ja.«

»Eine Frau aus der Hauptregierung?«

Eine gefährliche Frage. Es schien so einfach zu sein, noch einmal mit ›ja‹ zu antworten. Es fehlte nicht viel, und er hätte es tatsächlich getan. Aber was wußte Gella wirklich? Und welches Spiel spielte sie mit ihm?

Konnte er es wagen, ihr die Wahrheit zu sagen? Er fand, daß das im Grunde die beste Lösung sei.

»Nein«, sagte er, »eine Frau aus Lackawanna.«

»Ach ja? Du ...«

Gella trat etwas zurück.

Algis überlegte. Er brauchte sich nicht mit Ann-Li Lang zu treffen, seiner Korrespondentin in Lackawanna, um Informationen an sie weiterzuleiten. Der weizenkorngroße Mikrosender, den man ihm in die vordere Schädelhälfte eingepflanzt hatte, erledigte sämtliche Post! Mit unübertrefflicher Diskretion und Effizienz. Aber Ann-Li Lang war nicht nur seine Korrespondentin. Sie war eine Freundin, und vielleicht sogar ein wenig mehr. *Er hatte sie gesehen.* Gella hatte er nie gesehen, ebensowenig Loé Dantika oder irgend jemanden in Bora-Aul. Er hatte jeden Kontakt mit seiner Familie und den Freunden von früher verloren. Er war nach Lackawanna gekommen, nachdem er sich der Augenoperation und der Einpflanzung des *Brain-Contacts* unterzogen hatte. Aber Ann-Li kannte er bereits von früher. Früher hatte er mit ihr zusammengearbeitet. Nun war sie der einzige Mensch, der ihn noch mit der Welt der Sehenden verbinden konnte.

Einige Tage zuvor hatte er das unbändige Verlangen, in ihrer Nähe zu sein, ihre Stimme zu hören, sie zu berühren und sie, in gewisser Hinsicht, *zu sehen.*

Er hatte ihr gestanden, daß er mit seiner Kraft am Ende sei. Sie hatte ihm geantwortet: »Hab Geduld! Bald wirst du wieder zurückkehren können ...« Sie waren keine besonders feste Beziehung miteinander eingegangen. Nun fragte er sich, ob er das alles nicht bloß unbewußt getan hatte, um die Aufmerksamkeit der Wächter von Bora-Aul auf sich zu lenken. Dummkopf! In dem Fall hast du es geschafft! dachte er. Gella schien ihm nicht feindlich gesinnt zu sein, im Gegenteil: Diesmal würde er vielleicht mit einem blauen Auge davonkommen. Doch seine Lage wurde immer schwieriger. Er nahm immer mehr Risiken auf sich. Und seine Nerven würden auf harte Proben gestellt werden. Jedenfalls würde er es nicht lange aushalten ...

Vielleicht würden die Leute, die ihm in Lackawanna *zuhörten,* dies bemerken.

Viel später, während sie unter dem aufmerksamen und einfältigen Blick des Simaks zu Abend aßen, stellte Gella Algis jene Frage, die sie vorhin, in der Bibliothek, nicht auszusprechen gewagt hatte.

»Liebst du sie?«

»Wen?«

»Die Frau, mit der du dich getroffen hast.«

Algis lächelte. Er war der Meinung, daß das Wort ›Liebe‹ mit den Gefühlen, die er Ann-Li gegenüber empfand, nicht richtig übereinstimmte. Er sagte ›nein‹, und das war nicht einmal gelogen. Und in gewisser Hinsicht war es dennoch eine Lüge.

Gella ging nicht weiter darauf ein. Wie fasziniert und gleichzeitig verlegen beobachtete sie Luciano. Das fiel Algis irgendwie auf.

»Man könnte meinen, Luciano würde dich beeindrukken.«

»In der Tat«, gab sie zu.

Er bemerkte, daß die Kehle ihr wie zugeschnürt war und daß ihr das Schlucken schwerfiel. Er empfahl ihr, einen Schluck zu trinken. Wie automatisch leerte sie ihr Glas.

»Der Wein ist gut«, sagte sie.

»Es ist 4ler Bora-Aul ... Es scheint, als hättest du noch nie einen Simak gesehen. Vier- oder fünftausend leben im Mikroklima ...«

»Ich habe das Buch gesehen, das du gerade liest und das auf dem Tisch in deinem Arbeitszimmer ...«

»Welches Buch? Ach, *Der Simak-Vertrag!* Interessiert es dich?«

»Ich ... ich möchte in Lucianos Gegenwart nicht von den Simaks sprechen. Ich habe Angst, ich könnte ihm weh tun.«

»Trink!«

Algis füllte das Glas der jungen Frau und fragte Luciano, ob es ihm etwas ausmache, wenn in seiner Gegenwart von den Simaks gesprochen würde.

»Möchten Sie etwas Schlechtes über mich sagen, mein Herr?«

»Aber nein, Luciano. Wir sprechen von den Simaks. Du bist doch einer.«

»Ja, Herr.«

»Bist du ein guter Simak?«

»Ja, mein Herr. Ich glaube schon. Auf der Tabelle der Fleißigen im Hotel Kaloum zähle ich zu den Besten.«

»Liebst du deine Arbeit?«

Luciano richtete den angewinkelten Körper etwas auf und hob die große, weiche Hand. Der Ärmel seiner Weste rutschte nach unten und entblößte sein mageres unbehaartes Handgelenk. Ein Lächeln warf die etwas schlaffe Haut seines Gesichts in Falten. Die Unterlippe senkte sich; er rollte die Augen, und die Gesichtszüge nahmen einen debilen Ausdruck an.

»O ja, Herr!«

»Bist du glücklich?«

»Ja, Herr!«

»Glücklicher als zuvor?«

Diese Frage verwirrte den Simak.

»Ich kann mich nicht mehr so genau an früher erinnern, Herr. Aber ich glaube nicht, daß ich damals so glücklich war wie heute.«

»Also bereust du es nicht, einen Simak-Vertrag unterschrieben zu haben?«

Auch das war eine schwierige Frage. Gella hatte den Eindruck, Lucianos Augen füllten sich mit Tränen ... Warum auch stellte man ihm diese Fragen? Bestimmt hielten seine Vorgesetzten ihn nicht für einen guten Simak ...

»Ich kann mich nicht erinnern, einen Vertrag unterschrieben zu haben«, sagte er. »Aber es ist gut so, wie es ist.«

»Schenk Miß Gella einen kleinen Wodka ein!«

»Gewiß, mein Herr.«

Algis hob sein Glas. Gleichzeitig beschloß er, sich nach der nächsten ›Postsendung‹ sofort nach Lackawanna zurückrufen zu lassen. Bis dahin mußte er mit allen Mitteln versuchen, die Gefahr zu vergessen. Gegen die Angst anzukämpfen, die ihn zu ersticken drohte. Nun trank auch Gella und begann sich zu entspannen.

Nach dem Fisch trug Luciano Gänseleberpastete mit getrockneten Früchten auf. Die Mandeln und Haselnüsse stammten aus dem Mikroklima, und die Gänseleber kam aus einer O.K.N.B. (Organkultur zur Nahrungsbestimmung) in der sibirischen Zone. Algis erhob sich, um eine Flasche Wolfsmilchwein zu holen. Gella wollte wissen, ob sie dem Simak eine Frage stellen dürfe. Auf das Zeichen zum Einverständnis ihres Kollegen hin fragte sie:

»Luciano, haben Sie ... hast du jemals etwas von den Inseln im Monde gehört?«

Der Simak öffnete den Mund, runzelte die Stirn. Die Lider senkten sich, und er schien angestrengt nachzudenken.

»Sie meinen, von den Satelliten?«

Gella ließ nicht locker:

»Nein. Eigentlich liegen die Inseln im Monde nicht wirklich in der Nähe des Mondes. Das heißt, nach allem, was man so erzählt. Es sind Orte, an die die Simaks sich begeben.«

»Im Traum«, ergänzte Algis.

»Im Traum?« fragte Luciano vollkommen verständnislos.

»Nach allem, was man erzählt«, fügte Gella noch einmal hinzu.

»Sind es ... Geschichten, die man erzählt?«

Algis fuhr an Gellas Stelle fort:

»Bruno Ceren hat mit Madame Dantika darüber gesprochen. Bruno Ceren ist der Leiter des Forschungslaboratoriums in Bora-Aul, das sich mit dem Mono-Amin K beschäftigt. Er gibt zu, daß das Mono-Amin K vielleicht gar nicht existiert. Aber er glaubt, daß die ›Inseln im Monde‹ Wirklichkeit sind. Er gebraucht dafür nur ein anderes Wort. Er sagt, die Simaks hätten ihre Babywelten! Luciano, hast du eine Babywelt?«

Der Simak runzelte die Stirn und machte ein unglückliches Gesicht.

»Ich weiß nicht, was eine Babywelt ist, mein Herr.«

»Möglicherweise verheimlichen sie uns die Existenz ihrer inneren Paradiese«, sagte Algis nachdenklich. »Aber ich halte das nicht für möglich. Wenn es die Babywelten wirklich gibt, dann kann es sein, daß die, die sie erschaffen haben, oder die, die Zugang zu ihnen haben, sich ihrer gar nicht bewußt sind. Ich habe hiervon so meine eigenen Vorstellungen. Ich ... ich warte nur noch auf eine Bestätigung, bevor ich darüber spreche.«

Gella trank ihren Wein, indem sie Lucianos Blick auswich, der sie verlegen machte. Von den dreißigtausend Einwohnern Bora-Auls sind deren vier- oder fünftausend Simaks. Vier- oder fünftausend Sklaven im Dienste der panafrikanischen Herren des Mikroklimas und der privilegierten Bürger ... Vier-oder fünftausend glückliche Idioten, die sich für die friedliche Knechtschaft entschieden haben, um der Härte, der Unsicherheit und der Unerträglichkeit der Außenwelt zu entgehen! Idioten? Nein, sagte sie sich. Die Einführung des Mono-Amins K führt nicht zum Schwachsinn, sondern zu etwas anderem ..., das vielleicht noch viel schlimmer ist! Und schließlich wollten manche dieser Menschen keine Simaks werden. Infolge unglücklicher Umstände gerieten sie auf den Sklavenmarkt. Das kann jedem passieren. Auf jeden Fall könnte es auch mir passieren!

Sie hatte Algis Adamci mit einer Frau, einer Fremden überrascht. Die anderen Mitglieder der Mannschaft wußten nichts davon. Das zumindest glaubte sie. Sie hatte ihren Chef, Abou Bo, nicht verständigt. Zweifellos war es noch nicht zu spät ... Zudem wußte sie nun, daß die Unbekannte, mit der Algis sich getroffen hatte, aus Lackawanna kam. Bestimmt eine Amerikanerin. Und Lackawanna führte Krieg gegen Bora-Aul ... Oder, falls es kein Krieg war, dann tat man so, als ob es einer wäre!

Auf panafrikanischer Seite geizte man nicht mit Fällen überführter Staatsangehöriger, die mit dem Feind gemeinsame Sache gemacht hatten (was in der dreigeteilten Zone auch dazu führte, daß verdächtige Aktivitäten nicht angezeigt wurden): man *paßte* sie an. Mit anderen Worten: Man machte sie zu Simaks ...

Nun gut, dachte Gella, ich muß einen anderen Weg finden, um mich aus dieser Affäre zu ziehen. Ich könnte dem Wachtmeister von Dixinn meine Geschichte erzählen und ihm erklären, ich hätte nichts verraten, da ich nicht sicher war, ob nicht auch Abou Bo in die Sache verwickelt war ... Ja, das ist eine gute Idee!

Dieser Plan gab der jungen Frau neue Kraft. Dennoch ahnte sie, daß sie ihn nie ausführen würde. Sie trank, um zu vergessen.

Luciano starrte sie mit einer immer peinlicher werdenden Eindringlichkeit an. Sie fragte sich, ob die Einführung des Mono-Amins K (oder etwas ähnlichen) nicht gewisse Fähigkeiten des Hirns anregte. Vielleicht hatte der Simak geahnt oder ihr aus dem Gehirn abgelesen, daß sie vorhatte, Algis zu verraten ...

Aber das kümmerte sie nicht. Es war ihr völlig gleichgültig! Sie war ein wenig betrunken. Sie wollte einen Versuch wagen, ihn in Verwirrung zu bringen, in der Hoffnung, Algis würde nichts bemerken. Sie meinte, es sei wirklich warm in diesem Zimmer, und fügte hinzu, daß sie sich ein wenig frei machen wolle. Wie zerstreut stimmte Algis dem zu. Er schien nun doch etwas beunruhigt zu sein. Gella knöpfte ihre Bluse auf und legte sie ab. Gleichzeitig streifte sie den Büstenhalter ab, der sich eng um ihre Brüste schloß, und zog ihn zusammen mit der Bluse aus. Mit nacktem Oberkörper und einem spöttischen Lächeln auf den Lippen stellte sie sich Luciano gegenüber.

Gewonnen! Der Simak wurde rot im Gesicht, die Hände begannen ihm zu zittern. Es grenzte schon an ein Wunder, daß er den Teller, den er in den Händen hielt, nicht zu Boden fallen ließ. Er entfernte sich, und als er zurückkam, achtete er gar nicht mehr auf Gella. Er wagte nicht einmal mehr, sie anzusehen.

Die junge Frau bekam einen Lachanfall, der sie beinahe zum Weinen brachte. Einen Augenblick lang versuchte Algis, diese Heiterkeit, die er nicht verstand, mit ihr zu teilen. Doch dann gab er es auf. Nach dem Essen stellte Luciano das Geschirr in einen Plastikeimer, den der Aufzug fortbrachte. Er ging hinaus und sagte, er werde später wiederkommen, um aufzuräumen. Gella bat um die Erlaubnis, sich einen Moment lang ausruhen zu dürfen. Algis erhob sich, um sie ins Schlafzimmer zu führen.

»Hilf mir!« bat sie ihn.

Er näherte sich ihr, um sie zu stützen, und schob ihr eine Hand unter die Achseln. Sogleich spürte er an den Fingerspitzen die nackte Haut. Er wich etwas zurück. Gella lachte gereizt auf und zog ihn an sich. Dann faßte sie ihn am Handgelenk und führte seine Hand an ihre Brust, deren Spitzen ganz hart geworden waren. Langsam schloß sich Algis' Hand.

»Ach, du warst ...«

»Ja!« sagte sie in herausforderndem Ton. »Schon eine ganze Weile habe ich meinen Oberkörper entblößt. Dein Luciano ist ganz grün im Gesicht geworden. Bring mich ins Schlafzimmer, Algis. Mir ist ganz schwindelig!«

Sie ließ sich auf das Bett fallen, indem sie sich an Algis festklammerte, der sich noch ein wenig wehrte. Sie ließ ihn erst los, um den Gürtel seiner Hose aufzuschnallen.

»Komm!«

»Bist du sicher, daß du das willst? Oder liegt es nur daran, daß du betrunken bist, Gella, Liebling, daß du Lust zur Liebe hast?«

»Ich bin nicht betrunkener als du!«

Sie brach in schallendes Gelächter aus.

»Aber auch nicht weniger ... Algis, nur deswegen bin ich gekommen. Nur deswegen habe ich den anderen nichts verraten!«

»Ach ja?« sagte er zögernd.

Gella war nun völlig nackt. Er legte sich zu ihr auf das Bett. Sie faßte ihn an beiden Händen und ließ sie über ihren Körper gleiten.

»Weil du mich nicht sehen kannst, Al, Liebling, möchte ich, daß du mich berührst.«

Algis hatte weder die Kraft noch die Lust, sich zu widersetzen. Er vergaß die Gründe seines Zögerns und gab sich dem Rausch hin. Er wußte, daß er einen Fehler beging, doch Gella zu verschmähen, wäre ein noch größerer Fehler gewesen. Und schließlich ließ sein Verlangen ihm keine andere Wahl.

DRITTES KAPITEL

Die Amerikaner, die Panafrikaner und die U.S.R.E. (Union der Sibirischen Republiken Europas) verwalteten gemeinsam die dreigeteilte Zone, die sich über die Provence, das Languedoc, die Dauphiné, die Riviera und den Piemont erstreckte. Dort hatten sich die Eindringlinge vor zwanzig Jahren zusammengeschlossen. Andererseits besetzten die Amerikaner Portugal, den Norden Spaniens, den größten Teil Frankreichs und der Benelux-Staaten, einen Teil Deutschlands, die Spitze Dänemarks und die Hälfte Norwegens. Großbritannien kam theoretisch eine eigene Staatsform zu. Die Panafrikaner hatten den Süden Spaniens, den größten Teil der Pyrenäen, einen Teil Aquitaniens, drei Viertel Italiens, Jugoslawiens, Griechenlands und der Türkei angegliedert. Und das übrige Europa wurde Teil der U.S.R.E.

Nach offiziellen Angaben zählte die dreigeteilte Zone zweiundachtzig Mikroklimen, die etwa ein Siebtel ihrer hundertsiebzigtausend Quadratkilometer großen Oberfläche bedeckten: die größte private Gebietsdichte der ganzen Welt. Der Prüfstein für eine neue friedliche Koexistenz und gleichzeitig für ein militärisches, technologisches und soziologisches Versuchsfeld, wie es in der Geschichte zuvor noch nie dagewesen war.

Und natürlich: ein Spionennest. Der Triumph der Informatik – die man in den Mikroklimen, wo man noch gerne wie in alten Zeiten lebte, zu verbergen versuchte – und die Ausdehnung der sogenannten ›Denknetze‹ über den ganzen Planeten hatten in dieser Hinsicht zu einer unerwarteten Wirkung geführt: Es gab fast keine professionellen Geheimagenten mehr. Da sie registriert waren, in sämtlichen Karteien aufschienen und von der modernen Elektronik überall überwacht wurden, konnten sie nicht einmal mehr den kleinsten Finger rühren, ohne daß sämtliche Computer der Welt davon unterrichtet wurden. Dennoch waren einige wenige übriggeblieben, um den Schein zu wahren und die Spuren zu verwischen. Amateure, Gelegenheitsspione, zufällige Doppelagenten, leichtfertige Vollstrecker wichtiger und unwichtiger Aufträge, manipulierte Staffelläufer und andere hatten ihre Nachfolge in diesem zeitlosen Beruf angetreten.

Algis Adamci war einer dieser Amateure. Angelockt vom trügerischen Schein der Mikroklimen, hätte er sehr gut einen Simak-Vertrag unterschreiben können. Doch dann wurde er von einer Frau engagiert, von einer Amerikanerin mit gelber Hautfarbe namens Ann-Li Lang, die in Lackawanna in Diensten des Direktors Allen Inverkeithing stand ...

Und nun lebte er in Bora-Aul, umgeben von ständiger Nacht und Angst.

An jedem zweiten Tag gab er seinen Bericht nach Lackawanna weiter. Auf seinem Bett oder einem Diwan in seinem Appartement liegend, projizierte er die Sätze und Bilder seiner Mitteilung auf eine Art mentalen Bildschirm, während vor sonorem Hintergrund eine sanfte, leise Musik erklang. Das Implantat – oder der *Brain-Contact* – in seinem Hirn leitete diese verschlüsselten Angaben durch einen geheimen Kanal in den Computer von Chanalorn, dem Hauptsitz in Lackawanna. Algis hatte sich zuerst im Zentrum von Nice-Orvill und später in Lackawanna einer Einführung in diese Art Arbeit unterziehen müssen. Er hatte gelernt, sich zu konzentrieren, zu projizieren und auszustrahlen – und auch die vom Computer zurückgesandten Antworten zu entziffern. Die Antworten schienen auf demselben mentalen Bildschirm auf: in großen blassen Buchstaben, die gewöhnlich von rechts nach links vorüberzogen. Manchmal wurden sie auch in Form von Wörtern übermittelt, die von einer fernen Stimme ausgesprochen, von einem knappen Echo wiederholt und von zahlreichen Nebengeräuschen begleitet wurden.

Der Empfang war schwieriger als das Ausstrahlen. Bei allen Subjekten, die mit einem Implantat versehen waren, führte er zu einer großen Müdigkeit, die von heftigen Angstgefühlen gefolgt wurde. Und wenn die Antwort ausblieb, so war es noch schlimmer. Nach jeder Sitzung war Algis wie in Schweiß gebadet, und die Hände zitterten ihm. Die Beine trugen ihn nicht mehr, und oft blieb er ausgestreckt liegen, noch ganz angespannt, heftig atmend, außerstande, aufzustehen oder zu schlafen. Später dann trank er ausgiebig und schluckte Medikamente.

Im Verlauf der letzten Wochen war es immer schwieriger geworden, die Antworten des Computers zu entschlüsseln. Nebengeräusche übertönten die Stimme – die Stimme Ann-Lis ..., wie er sich einzureden pflegte. Zudem zogen die zunehmend undeutlicher werdenden Buchstaben nun immer schneller auf dem Bildschirm in seinem Hirn vorbei. Es war unmöglich, ihr Tempo zu verlangsamen oder die eigene Vision deutlicher werden zu lassen. Es bildeten sich keine zusammenhängenden Sätze mehr. Die Wörter flakkerten auf und zerfielen ins Nichts, noch bevor sie Gestalt angenommen hatten.

Allmählich wurden die Meldungen ganz und gar unverständlich. Die Informationen, die er gesammelt hatte, gab er getreu wieder. Aber er war nicht mehr mit dem Herzen bei der Sache. Die Meldungen wurden immer seltener.

Nun schon seit mehreren Tagen – seit acht, vielleicht zehn Tagen – hatte er das Gefühl, gänzlich von Lackawanna abgeschnitten zu sein. Hatten ihn seine Vorgesetzten nach der Begegnung mit Ann-Li fallengelassen? Nach jener Begegnung, die um ein Haar ein böses Ende genommen hätte und deren Folgen noch in der Schwebe waren. Mit Sicherheit hatte man der jungen Frau eine Zurechtweisung erteilt. Vielleicht hatte man sie versetzt. Vielleicht würde er sie nie mehr *wiedersehen*!

Er versäumte es nicht, jeder Meldung eine pessimistische Bemerkung über seinen Gesundheitszustand und die Zukunftsaussichten seiner Mission hinzuzufügen. Hin und wieder bat er darum, zurückbeordert zu werden. Er war sich bewußt, daß er in die Falle gegangen war. Der Computer von Lackawanna schien ihm die letzte Verbindung zur Welt der Sehenden geblieben zu sein. Er haßte ihn, doch er war unbedingt auf ihn angewiesen. Er haßte seine Vorgesetzten und mußte sie doch immer wieder zu Hilfe rufen. Er liebte Ann-Li, und er haßte sie. Er konnte ihr nicht verzeihen, ihn in dieses unheilbringende Abenteuer hineingezogen zu haben. Und dennoch erhoffte er nichts sehnlicher, als sie eines Tages in den Armen halten und gleichzeitig sehen zu können.

Ja, er war in eine Falle geraten, die so alt oder fast so alt war wie die Welt. Nie würde er Besitzer eines Mikroklimas sein! Nicht einmal Mieter einer Luxusvilla, wie es deren vielleicht fünfhundert in Bora-Aul gab. Einige kosteten monatlich tausend Gecs Miete. Aber es war nicht einmal eine Frage des Geldes. Als erstes mußte er dieser Falle entkommen, sein Augenlicht wiedergewinnen, sich des Brain-Contacts entledigen, von seinen Arbeitgebern die Entlassung erteilt bekommen, ein neues Leben beginnen ... Ein schöner Plan! Und dabei bestand wenig Aussicht, auch nur die Hälfte davon zu verwirklichen.

Er hatte Gella nicht wiedergesehen. Die junge Frau hatte nicht mehr das geringste von sich hören lassen. Er zögerte, den Kontakt mit ihr wiederaufzunehmen. Es schien ihm nicht sehr vorsichtig zu sein. Der Vorfall, der es ihm erlaubt hatte, sie kennenzulernen, ging auf Mitte März zurück. Er hatte bis Anfang April gewartet, ehe er es wagte, sich nach ihr zu erkundigen. Die Einsamkeit bedrückte ihn sehr. Er hatte erfahren, daß sie nicht mehr zur Überwachungsmannschaft von Dixinn gehörte. Es war unmöglich herauszufinden, was aus ihr geworden war ... Unmöglich, nein, nicht ganz. Aber er hatte nicht den Mut zu zeigen, daß er ein persönliches Interesse an ihr hatte.

Gewisse Indizien, gewisse Andeutungen ließen ihn vermuten, Madame Dantika wüßte eine ganze Menge. Vielleicht konnte sich die Herrin von Bora-Aul seine Begegnung mit Ann-Li nicht vorstellen. Vielleicht hatte sie ihn gar nicht im Verdacht, ein amerikanischer Spion zu sein. Doch sie schien zu wissen, daß Gella eine Nacht mit ihm verbracht hatte, in seinem Zimmer im Hotel Kaloum. Vielleicht glaubte sie, er habe sich wegen dieser Frau nach draußen gewagt. In dem Fall wäre alles nur halb so schlimm gewesen. In der herkömmlichen Welt des Mikroklimas, wo die Informatik-Abteilungen auf ein Minimum reduziert waren, machte die Blindheit jede Untersuchung zu einem Problem. Ich bin ein blinder Spion! sagte sich Algis wie zum Spott. Für ihn war es viel leichter, geheime Informationen über die panafrikanische Polizei zu erhalten als zu erfahren, was in Bora-Aul vorging.

Erreichten seine Meldungen eigentlich überhaupt noch den Computer von Chanalorn? Er wußte es nicht. Man übersandte ihm keine Empfangsbestätigung mehr. Er fragte sich, ob in seinem Kopf nicht etwas kaputt gegangen war.

Vielleicht funktionierte der Minisender nicht mehr?

Und täglich sagte er sich, daß er es keinen Tag länger aushalten würde. Er würde zusammenbrechen, krank werden, verrückt werden. Aber er hielt durch. Er hatte keine andere Wahl. Falls er so oder so krank würde, müßte er in ein Krankenhaus eingeliefert werden; er müßte neurophysiologische Tests über sich ergehen lassen ... Er wäre also ausgeliefert. Das Implantat würde sich selbst zerstören. Man würde zwar keine eindeutigen Beweise gegen ihn vorbringen können, doch man hätte Verdachtsmomente genug, um ihn an Bruno Ceren zu überweisen, der ihn in einen Simak verwandeln würde.

Simak werden? Vielleicht war das eine Lösung!

Aber er hielt durch. Die Zeit verging. Er tat seine Arbeit, die hauptsächlich aus endlosen Gesprächen mit Madame Dantika bestand. Die Besitzerin scheute sich nicht, ihm im Vertrauen ihr Herz auszuschütten. Dies bestärkte ihn. Und gleichzeitig schämte er sich der Rolle, die er spielte.

Er faßte immer größere Zuneigung zu Loé Dantika. Wie ein Hund zu seinem Herrn ... Und dabei war er nicht einmal ein treuer Hund!

Schließlich hatte er ihr zu verdanken – ihr, die er betrog –, daß er vor Angst nicht schon verrückt geworden war.

Der 24. April war der letzte Tag der Frühlingslese in Lackawanna, dem Mikroklima des amerikanischen Milliardärs Don Harry Hamilton. Rund um den allerletzten, dicht bewachsenen und vier Meter hohen Rebstock war der Boden mit zerdrückten Trauben übersät, auf denen Don Harrys Gäste sich wälzten und wilde Kämpfe mimten, die Sonia Inverkeithing, die älteste Tochter von Sir Allen Inverkeithing, lässig filmte.

Don Harry war nicht anwesend. Man sah ihn nie in Lakkawanna. Man hatte keinen wirklichen Beweis für seine Existenz. Er war, einem damals geläufigen Ausdruck gemäß, ein ›Gespenst ersten Ranges‹. In Wirklichkeit war er ein Strohmann der nordamerikanischen Befehlshaber der dreigeteilten Zone. Die Bewohner des Mikroklimas waren von diesen Autoritäten abhängig und kannten nur einen Gebieter: Direktor Inverkeithing.

»Welche Verschwendung!« meinte Ann-Li und zeigte auf die im Staub verstreuten Trauben.

»Liebling, wir sind die Meister der Vergeudung!« sagte der junge Major Jack Lynbrook, der plötzlich aufgetaucht war, die Daumen hinter den Gürtel seiner kurzen Hose geklemmt, mit dichter blonder Mähne, die ihm um die nackten, weichen und braungebrannten Schultern wehte.

»Wir sind zu reich«, sagte Ann-Li in verärgertem Ton.

Dann ging sie auf den Major zu, um ihn zu umarmen. Jack Lynbrook hielt ihr grinsend sein prächtiges Maul hin. Er war einen Kopf größer als die junge Frau. Ann-Li warf die schwarzen Haare nach hinten, die ihr immer wieder in die Stirn fielen. Sie wischte sich über die mit dunklem Traubensaft verschmierten Lippen.

»Jack, ich bin glücklich, dich zu sehen. Ich danke dir, daß du mir zu Hilfe gekommen bist!«

Der Major lachte ihr voller Vertrauen zu.

»Wer sagt denn, daß ich gekommen bin, um dir zu helfen?«

Seinem Blick folgend, bemerkte sie, daß der Traubensaft ihr auch auf die Brust getropft war. Sie öffnete ihre Bluse und entblößte ihre goldbraunen, nackten, spitzen Brüste. Jack näherte sich ihr mit gierigem Blick. Doch sie stieß ihn entschieden zurück.

»Erst wenn ich dir mein Leben erzählt habe!«

»Und, dauert das lange?!«

»Ich werde mich auf das wesentlichste beschränken.«

»Ist es schlimm?«

»Ziemlich schlimm, glaube ich.«

»Der Chef hat mir freie Hand gegeben.«

»Es ist ... hoffnungslos.«

»Freie Hand ... warte ... damit die beste Entscheidung im Interesse des Ordnungsdienstes getroffen werden kann!«

Ann-Li zog den Reißverschluß ihrer Bluse wieder hoch.

»Komm mit zu mir in die Villa *Mayflower*!«

»Ach, du wohnst jetzt in der Villa *Mayflower*?«

»Weniger als einen Kilometer vom Hamilton-Zentrum entfernt. Sehr praktisch. Doch wenn ich meinen Posten in der Direktionsabteilung verliere, dann verliere ich auch die Villa.«

»Schade«, sagte der Major in gleichgültigem Ton.

Sie gelangten zum hellblauen Luftkissenfahrzeug, Modell Ford Kickaha.

»Ich weiß, daß ich Urlaub nehmen müßte«, sagte Ann-Li, als sie das Fahrzeug bestieg. »Wegfahren ... Aber es ist schwierig. Zu viele Dinge halten mich hier zurück.«

»Deine Arbeit oder ...«

»Meine Arbeit, natürlich. Ich habe hier nur wenige Freunde. Nicht sehr viele. Vielleicht wirst du zwei von ihnen in der Villa kennenlernen. Die Danx. Russi und Jane Less Danx. Sie arbeiten mit mir in derselben Abteilung. Sie sind über alles informiert, und du kannst ihnen Fragen stellen, wenn du willst ...«

»In dem Fall ...«

Der Major schaltete das Luftkissenfahrzeug auf die halbautomatische Steuerung ein und zog dann langsam seine Hose aus, unter der er völlig nackt war. Ann-Li sah ihn erstaunt an. In spöttischem Ton murmelte er irgendeine Entschuldigung. Er bewegte die Hüften, um rasch in eine Unterhose schlüpfen zu können, über die er schließlich seine hellblaue, zur Farbe des Hovercars passende Uniformhose streifte. Zum Schluß zog er seine fleischfarbene Jacke an. Und lachte laut auf ...

»Ich muß mich vor deinen Freunden schließlich sehen lassen können, meine kleine Li. Vor allem, wenn ich dich am Ende der Sitzung verhaften muß!«

Einige Minuten später erreichten sie die Villa. *Mayflower* lag inmitten großer Bäume; zum Teil bedeckten die oberen Äste der Nadelbäume das rote Dach.

Im Garten saßen ein Mann und eine Frau auf aufblasbaren Sesseln. Sie erhoben sich. Ann-Li machte den Major mit Russi und Jane Less Danx bekannt.

»Ich ziehe es vor, ins Haus zu gehen«, sagte sie.

Der jungen Frau folgend, betraten sie die einem Herrensitz nachgebildete Küche. Es war unmöglich herauszufinden, ob die Kühle zwischen den anscheinend dicken Wänden unter den geschwärzten Balken echt war oder nicht. In jedem Fall stand sie in krassem Gegensatz zu dem warmen, vom Fruktidor beherrschten Klima.

Ein weißhäutiges Dienstmädchen brachte Getränke, Trauben und Wassermelonen. Man sprach vom Wetter und den Satelliten, die es bestimmten: von den *Metsats* oder Wettersatelliten.

»Und nun ...«

Würdevoll schüttelte Major Lynbrook den schönen Kopf, den er etwas nach hinten gelehnt hatte, so als würde er nun mit einer Rede beginnen wollen. Elegant streifte er die Haarsträhne nach hinten, die ihm über das rechte Auge hing.

»Also, ich höre Ihnen zu.«

Ann-Li lächelte verlegen. Sie war eine junge Frau mit

schmalem, von langen schwarzen Haaren umrahmtem Gesicht. Sie hatte schlitzförmige Augen, knochige Wangen, eine Adlernase, einen schmalen Mund und eine schön gebräunte Haut.

Sie faltete die Hände über dem Knie – sie trug einen kurzen Fransenrock – und sagte, indem sie ihre Freunde Russi und Jane anschaute:

»Ihr werdet mich festnehmen, wenn ich mich nicht irre.«

Dann sagte sie zum Major:

»Jack, in gewisser Hinsicht habe ich sicherlich einen großen Fehler gemacht. Aber ich bereue nicht, was ich getan habe!«

Lynbrook versuchte es sich in dem hölzernen Sessel bequem zu machen, der für seinen Geschmack etwas zu rustikal wirkte, schlug die Beine übereinander, zog eine Zigarette aus der Brusttasche und nahm sie zwischen die Lippen.

»Raus mit der Sprache!« sagte er barsch.

»Ich kenne Algis Adamci nun schon seit fast vier Jahren. Ich bin mitverantwortlich für die Lage, in der er sich befindet. Ich habe ihm den Vorschlag gemacht, sich die Netzhaut entfernen zu lassen, um den Sekretärsposten bei Loé Dantika bekommen zu können. Sein Vorgänger schien drauf und dran, in Ungnade zu fallen, was dann auch geschah, und die Operation ist uns gelungen. Algis wollte als Geheimagent arbeiten, um sein Konto bei der Klimabank etwas aufzubessern. Und die Vorstellung, zeitweilig blind zu sein, reizte ihn sehr. Es fiel mir leicht, zu leicht, ihn zu überzeugen. Er bekam einen Mikrosender und wurde unser Agent in Bora-Aul. Ein blinder Agent, ja. Ich gebe zu, daß es für mich so etwas wie ein Experiment war. Algis hatte im Bereich Informatik die Bildungsstufe vier erreicht, bevor er eingestellt wurde; wir haben ihn ein wenig unterstützt und dann mit Bildungsstufe fünf entlassen: Ich war der Ansicht, das würde seine Blindheit in etwa ausgleichen. Und übrigens, er hat seine Sache recht ordentlich gemacht. Er hat seiner Chefin gut gefallen, wurde in viele Geheimnisse eingeweiht ... Nun, ich weiß nicht, wie er zurechtgekommen ist, aber irgendwie ist es ihm gelungen – ohne sich dessen bewußt zu werden –, einige große Coups zu landen.

Selbstverständlich war es nicht einfach. Vor einigen Monaten begann er, seine Rückkehr zu beantragen. Ich habe vorgeschlagen, ihn zurückzubeordern. Man hat mir geantwortet, es sei noch nicht der passende Moment, man benötige mehr denn je Informationen über die sich entwickelnde panafrikanische Politik; und überdies sei von unseren beiden anderen Agenten in Bora-Aul einer verschwunden und der andere ein Simak geworden! Ich habe Algis um etwas Geduld gebeten. Die Verbindungen mit ihm waren hervorragend. Nie zuvor bin ich derart genau abgestimmten und klaren mentalen Mitteilungen begegnet. Später habe ich erfahren, Blinde besäßen eine besondere Begabung zur mentalen Übermittlung!«

»Stimmt«, bestätigte Major Lynbrook. »Gib mir hunderttausend Blinde, und ich beherrsche die Welt! Vorzugsweise solche, die von Geburt an blind sind«, fügte er hinzu. »Doch mangels eines Pferdes kann man notfalls immer noch auf einem Esel reiten!«

Der Zynismus des Majors schien Ann-Li Lang zu kränken. Einen Augenblick lang bewegten sich die Lippen, ohne daß sie ein Wort zu sagen vermochte. Ihre Hände begannen zu zittern. Sie verbarg sie unter den Knien. Sie mußte ihre Freunde bitten, ihr zu helfen, den Faden ihres Referats wiederzufinden. Russi Less Danx tat dies auf freundliche Art und Weise, während Lynbrook sie mit gleichgültiger Miene betrachtete und hin und wieder einen Zug aus seiner Zigarette nahm.

»Ja«, begann die junge Frau von neuem. »Ich habe also mit allen Mitteln versucht, Algis Adamci zu ermutigen. Damit seine Kommunikationen mit Lackawanna weniger unpersönlich sein sollten, habe ich über unseren Computer Kontakt mit ihm aufgenommen. Natürlich besitze auch ich einen Mikrosender.«

»Von solchen Kontakten ist strengstens abzuraten«, sagte der Major.

»Nun gut: Das war mein erster Fehler. Aber ich wollte einfach nur einem Agenten dabei helfen, eine schwierige Lage zu meistern. Vergeßt nicht, daß er blind ist und die normale Dauer einer solchen Mission längst überschritten hat.«

»Er muß eine Absprache mit Mutter Dantika getroffen haben, oder nicht?«

»Das möchte ich bezweifeln«, sagte Ann-Li. »Und schließlich geht es hier um etwas anderes. Nach einigen Monaten spürte ich, daß er mit seinen Kräften wieder einmal am Ende war. Da bat er mich um ein Treffen. Einige Wochen lang widerstand ich. Doch dann gab ich angesichts seiner Beharrlichkeit nach. Die externen Überwachungsmannschaften arrangierten für uns eine Zusammenkunft.«

»Auf dem Gebiet der Hauptregierung?« fragte Lynbrook.

»Natürlich. Das war mein zweiter Fehler! Aber ich sagte mir: ›So hält er es bestimmt noch weitere sechs Monate aus. Und dann kann man ihn zurückrufen!‹«

»Und eine Überwachungsmannschaft von Bora-Aul hat euch schließlich überrascht?«

»Wir konnten ihnen eben noch entkommen. Unsere Agenten hatten mich zur rechten Zeit gewarnt. Die von Bora-Aul haben Algis geschnappt. Aber mich haben sie nicht gesehen. Das glaube ich zumindest.«

»Es war eine vollkommen verrückte Idee«, sagte der Major. »Derart verrückt, daß ich dir sofort verzeihe, wenn du mir erlaubst, laut darüber zu lachen!«

Und ohne eine Antwort abzuwarten, stieß er ein schallendes, vergnügtes Lachen aus. Die Stille nahm diese Lachsalve auf, und augenblicklich verstummte Jack Lynbrook, ein wenig verlegen.

»Sehr gut«, sagte er. »Nichts mehr zu ändern! Woran bist du nun mit ihm?«

»Die Lage hat sich schnell verschlechtert. Ich glaube nicht, daß die panafrikanische Sicherheitspolizei Algis in Verdacht hat. Aber er hat Angst und ist mit den Nerven am Ende. Er kann sich nicht mehr konzentrieren. Seine Durchsagen werden immer verworrener. Er scheint uns nicht mehr empfangen zu können. Sein Verhalten ist unerklärlich geworden, und er zeigt deutliche Merkmale einer Depression.«

»Mit anderen Worten: Er ist vollkommen unbrauchbar?«

»Ich wiederhole, daß er seinen Vertrag erfüllt hat. Ich verlange somit, daß so schnell wie möglich für seine Rückkehr gesorgt wird.«

»Deiner Meinung nach müßten wir ihn auf eigene Gefahr wieder hierher zurückholen, ihn operieren, um ihm sein Augenlicht wiederzugeben, uns um seine Wiedereingliederung kümmern und ihm als Belohnung seinen *Brain-Contact* wieder entfernen?«

»Das ist doch im Vertrag vorgesehen, oder?«

Der Major blies eine kleine gelbe Rauchwolke aus. Dann hielt er den Atem an, während er sich die Nase zuhielt. Grünlicher Rauch entstieg der Zigarette.

»Er war es doch, der dich treffen wollte?«

»Er hat mich darum gebeten, das stimmt. Natürlich hätte ich nicht darauf eingehen dürfen.«

»Aber er hat dich darum gebeten!« sagte der Major triumphierend. »So kann er wenigstens zum Teil für den Fehler verantwortlich gemacht werden. Ich schlage vor, daß man nach Vor- und Nachteilen über ihn entscheidet! Welchen Mikrosender-Typ hat er?«

Es war Russi Less Danx, der antwortete:

»Es ist ein Bleakroe Dunn NL Siebzehn.«

»Ein veraltetes Modell, mit dem man das Subjekt nicht oder nur sehr schlecht kontrollieren kann!«

»Ich habe immer nur einfache Mikrosender benutzt, mit denen man die Subjekte überhaupt nicht überwachen kann«, sagte Ann-Li schroff.

»Das ist ein Fehler«, sagte der Major. »Siehst du nun ein, daß dein Agent ... dein Korrespondent zu rein gar nichts mehr taugt? Verdächtig, nervös, deprimiert, vielleicht sogar nahe am Zusammenbruch. Das ist zuviel für einen einzelnen? Ja? Ich kann den Direktor bitten, großzügig über die professionellen Fehler hinwegzusehen, die du begangen hast. Aber du mußt dir diesen Adamci vom Halse schaffen.«

»Nein!« sagte Ann-Li.

»Es tut mir leid, Ann. Uns bleibt nur eine Lösung: die Selbstzerstörung des Mikrosenders hervorzurufen.«

»Die gewaltsame Selbstzerstörung?«

»Natürlich!«

»Das dürft ihr nicht, Jack ... Major!«

Ann-Li erhob sich, verbarg das Gesicht in beiden Händen.

»Das Hirn würde schwer beschädigt werden«, fügte sie hinzu. »Algis Adamci würde für den Rest seines Lebens ein Idiot bleiben!«

»Ja! Entscheidend ist doch, daß er auf die Fragen der panafrikanischen Sicherheitspolizei nicht mehr antworten kann. Und du bist die einzige, die den Schlüssel zur Selbstzerstörung der Hirnkontakte besitzt, für deren Überwachung du sorgst, nicht wahr? Ich verlasse mich auf dich. Dies ist ein Befehl. Ich bitte dich, schnell zu handeln.«

»Major ...«

»Sei vernünftig, Ann-Li«, sagte Jane Less Danx. »Dieser Kerl ist nichts für dich. Nur ein Agent, ein Korrespondent.«

»Es ist doch nicht dein Fehler, wenn er für diesen Beruf nicht geeignet ist«, fügte Russi hinzu.

»Die Verlockung des Geldes hat ihn dahin gebracht«, schlußfolgerte Jane.

Ann-Li ließ sich in ihren Sessel fallen, beugte sich nach vorne, legte den Kopf auf die Knie und murmelte mit kaum vernehmbarer Stimme:

»Ich fürchte, ich habe keine andere Wahl. Muß ich es sofort erledigen, Major?«

»Jack«, erwiderte der Major.

»Wie?«

»Du kannst es auch später erledigen: Es eilt nicht! Und ich

bin nach wie vor dein alter Freund Jack. Ich werde es dir beweisen, Ann-Li, Liebling.«

In einem Satz sprang er aus seinem Sessel auf und nahm die junge Frau in die Arme. Widerstandslos schmiegte sie sich an ihn. Er wiegte sie, schaukelte sie, neigte das Gesicht an ihr Ohr, das von den zerzausten schwarzen Haaren vollständig bedeckt wurde, und fragte:

»Wo ist dein Schlafzimmer, Kleines?«

Da Ann-Li keine Antwort gab, sah er die Danx fragend an. Jane führte ihn ins Obergeschoß der Villa und kam nach einigen Minuten wieder zurück.

»Es ist fast wie eine Vergewaltigung«, sagte sie zu ihrem Mann. »Aber man hat keine andere Wahl, auch wir nicht.«

»Wir werden es überstehen«, sagte er. »Und Adamci, was meinst du?«

Jane zitterte.

»Ich möchte nicht in seiner Haut stecken. Beim Gedanken daran läuft es mir kalt den Rücken hinunter.«

Zwei Tage später begegneten sich Ann-Li und Russi Less Danx im Hamilton-Zentrum. Russi stellte ihr eine Menge Fragen. Mit kaltem Blick sah sie ihn an.

»Ja, alles klar«, sagte sie. »Aber wie du weißt, kann die Selbstzerstörung eines Mikrosenders fünf Sekunden oder fünf Tage lang dauern.«

»Ja, ich weiß. Aber der Major läßt dir keine Wahl!«

»Nun ja, ich habe entschieden. In fünf Sekunden ist es wie bei einer Explosion. Algis Adamci würde ein kompletter Idiot oder schwachsinnig werden, vielleicht sogar zusätzlich ein Krüppel ... In fünf Tagen: der Mikrosender löst sich allmählich auf. Im Prinzip besteht keine ernste Gefahr. Algis Adamci hat noch eine Chance. In drei Tagen wird er seinen Mikrosender los sein, mit einem unbeschädigten Hirn! Ich habe mich für diese Methode entschieden, und nun kann man nichts mehr daran ändern!«

Russi machte ein zorniges Gesicht und drehte sich um.

»Bist du auch noch stolz darauf? Bist du auf einen solchen

Mist auch noch stolz? Glaubst du vielleicht, daß Major Lynbrook das nicht bemerken wird?«

»Vielleicht wird er es merken, vielleicht aber auch nicht. Vorausgesetzt ...«

»Ich werde den Mund halten, Ann. Aber wenn er etwas merkt ...«

»Du wirst dich wundern: Meine Koffer sind schon gepackt. Ich habe nur noch eine kleine Tasche, die in fünf Minuten fertig ist. Immerhin bin ich nordamerikanische Staatsbürgerin. Major Lynbrook kann mir nichts anhaben!«

»Und dein Adamci, was glaubst du? Er wird aussagen. Vielleicht hat er es bereits getan. Er wird reden, und wenn er unter dem Einfluß der Drogen alles ausgeplaudert hat, wird man ihn in aller Ruhe ins Formationszentrum der Simaks bringen. Nach ein oder zwei Monaten wird er entlassen werden, als Idiot, als Tier ...«

»Er ist blind; sie werden keinen Simak aus ihm machen!«

»Gut, dann werden sie ihn beseitigen. Das hast du dann davon!«

»Ja, Russi. Und das ist immer noch besser für ihn, als blind und schwachsinnig zu sein!«

VIERTES KAPITEL

In Bora-Aul lebte Major Boendé.

Vielleicht hätte Algis Loé Dantika die Wahrheit gesagt, wenn er sich weniger vor Major Boendé gefürchtet hätte. Nach offiziellen Angaben war Blaine Boendé ein unabhängiger Bewohner, der in einer luxuriösen, im Kolonialstil erbauten Villa in der Nähe des Dorfes Le Paon, südlich von Bora-Aul, lebte. Zudem besaß er ein Haus in Jombro. Er war es, der den panafrikanischen Verwaltungsapparat repräsentierte: eine Art bevollmächtigter Botschafter. In Revention, in Rosejaune, in Jombro und auch anderswo war er sehr gefürchtet. Im Hotel Kaloum war er nicht oft zu sehen; ebensowenig im Stadtteil Lumumbo von Rosejanue, der zweiten Hauptstadt von Bora-Aul. Doch in gewisser Hinsicht und dank des Computers, mit dem er arbeitete, konnte Algis Boendés Reisen und Aktivitäten jederzeit verfolgen; und er hatte Angst. Jedesmal, wenn Madame Dantika dem Major begegnete, hatte sie das Bedürfnis, sich ausführlich mit ihrem Ex-Gatten, George King, über Prudence zu unterhalten. Ein untrüglicher Beweis: Auch sie hatte Angst vor Major Boendé, einem der Chefs der panafrikanischen Gegenspionage in der dreigeteilten Zone ...

Als Algis am Abend des vierten Mai von Leutnant Rayne angerufen wurde, hielt er den Atem an und konnte nicht verhindern, daß sein Magen sich schmerzhaft verkrampfte. Paul Rayne war ein Weißer, doch er arbeitete für den panafrikanischen Sicherheitsdienst. Er galt als Boendés Spürhund. Ein anderer Weißer namens Perdido folgte ihm auf Schritt und Tritt.

»Herr Sekretär, ich möchte Ihnen etwas ... oder besser gesagt: Ich möchte Ihnen jemanden zeigen. Können Sie nach Jombro kommen?«

»Es ist nicht leicht für mich, auf Reisen zu gehen, denn ich bin ...«

»Sie sind blind. Aber das hindert Sie doch nicht daran, lange Spaziergänge zu unternehmen, soweit ich informiert bin. Und manchmal sogar die Phasenbarriere zu überschreiten, um sich zu mysteriösen Verabredungen zu begeben.«

Es ist soweit, jetzt bin ich entlarvt! dachte Algis. Nur ein Vorwand, um mich aus Revention fortzuschaffen ...

»Ich soll jemanden schicken, der Sie abholt?« sagte Leutnant Rayne, halb bejahend, halb fragend.

»Sofort?«

»Haben Sie bereits gegessen? Es wäre mir eine Ehre, Sie einladen zu dürfen.«

»Ich habe noch nicht gegessen«, antwortete Algis, und sogleich bereute er auch schon seine Worte. »Ich komme soeben von einer Arbeitssitzung mit Madame Dantika«, fügte er hinzu, was allerdings eine glatte Lüge war.

»Also, Sie können in einer Viertelstunde in Jombro sein.«

Nach wie vor versuchte Algis zu widersprechen.

»Ich kann mir nicht vorstellen, wie Sie mir irgend etwas zeigen könnten, da ...«

»Da Sie blind sind. Ich weiß. Aber ich meinte etwas anderes. Sicher, Sie werden es nicht sehen können, aber Sie werden es hören. Es spricht nämlich. Und sie werden es sogar berühren können, wenn Sie Lust haben!«

»Ich muß Madame Dantika vorher benachrichtigen!«

»Madame Dantika ist doch nicht Ihre Mutter! Sei's drum, sagen Sie es ihr, wenn Sie sich unbedingt lächerlich machen wollen!«

Dann legte Leutnant Rayne auf. Algis' Hände zitterten. Er wischte sich den Schweiß ab, der ihm über das Gesicht lief. War die Klimaanlage seiner Wohnung defekt? Er näherte sich dem Kontrollthermostat, der mit einem Anzeiger und einer reliefartigen Skala versehen war. Achtunzwanzig Grad: Dennoch war es sehr heiß.

Er ging in den Flur hinaus. Die kühle Luft schlug ihm wie eine Ohrfeige ins Gesicht. Das ist nicht neu ... Eine Art und

Weise, mir zu verstehen zu geben, daß der Sicherheitsdienst alles unter Kontrolle hat, sogar hier im Hotel Kaloum. Wirklich alles! Er zögerte. Sollte er Loé Dantika benachrichtigen? Vielleicht war es genau das, was die anderen von ihm erwarteten. Dieser Schritt würde ihren Verdacht bestätigen. Denn vermutlich hatten sie nichts als Verdachtsmomente. Wenn sie sich ihrer Sache sicher gewesen wären, so hätten sie unverzüglicher gehandelt.

Sollte er eine mentale Botschaft nach Lackawanna übersenden? Zumindest theoretisch waren diese Übermittlungen nicht kontrollierbar. Aber die Technik der Gegenspionage konnte inzwischen weiterentwickelt worden sein. Vielleicht war es möglich geworden, die elektromagnetische Tätigkeit des Hirnimplantats bei einem unter Beobachtung stehenden Menschen zu entschlüsseln. Schließlich unterließ er es.

Er rief Madame Dantika nicht an. Er versuchte nicht, seine Freunde in Lackawanna zu warnen. Seine Freunde – haha! Komische Freunde hatte er! Und plötzlich fühlte er sich fast wie entspannt. Nichts war schlimmer als diese grausame Ungewißheit, als das bange Warten auf das Schlimmste.

Ich werde nie wieder sehen können! Sogar dieser Gedanke versetzte ihn eher in leidenschaftliche Begeisterung als in Schrecken. Er atmete tief durch. Los geht's! Er nahm sein Badeetui, in dem er ein Messer mit einer sehr scharfen Klinge und einen elektronischen Mikroführer versteckt hatte. Auch wenn dieses Gerät ihm kein ganz klares Bild der Dinge verschaffte, so erlaubte es ihm doch, mächtigen Hindernissen auszuweichen und sich mit einer gewissen Sicherheit fortzubewegen. Im äußersten Notfall konnte er immer noch mit dem *Brain-Contact* in Verbindung treten, was seine Leistungsfähigkeit verdoppelte, aber gleichzeitig auch die Risiken größer werden ließ ...

Als er eben hinausgehen wollte, klingelte das Telefon.

»Zwei Männer erwarten Sie in der Spiralenhalle. Sie können sie nicht verfehlen.«

Nein, ich kann sie nicht verfehlen, dachte er. Und auch sie

werden mich nicht verfehlen! Er schätzte die Temperatur auf neunzehn bis zwanzig Grad. Normal. So oder so hatten die Leute des Sicherheitsdienstes die Temperatur in seiner Wohnung manipuliert. In Jombro würde es bestimmt wärmer sein. Mindestens fünfundzwanzig Grad ... Somit war die Warnung symbolisch zu verstehen.

»Wir werden Sie führen, Herr Adamci.«

Wortlos nickte Algis mit dem Kopf. Er fragte sich, ob seine Schutzengel wohl schwarz oder weiß seien. Schwarze wären ihm lieber gewesen. Die Weißen in den Diensten der Panafrikaner flößten ihm keinerlei Vertrauen ein. Er lächelte. Alles in allem war er einer von ihnen.

Einer der Männer packte ihn am Arm. Er merkte, daß man ihn durch einen Nebenausgang führte.

»Unser Hovercar parkt in der Red Rider-Straße«, sagte der Sicherheitsagent.

Es handelte sich um eine diskrete Entführung. Aber das Personal des Kaloum-Hotels stand natürlich im Dienste von Madame Dantika. Wenn ich nicht zurückkehre, dachte Algis, so wird Loé Dantika es erfahren, trotz aller Vorsichtsmaßnahmen.

Langsam setzte sich das Fahrzeug in Bewegung. Einer der Agenten hatte neben Algis auf dem hinteren Sitz Platz genommen. Vermutlich ein Schwarzer.

»Schönes Wetter, Herr Sekretär.«

»Schönes Wetter«, stimmte Algis zu.

Er drückte auf das Knöpfchen an seiner Uhr. Er vernahm drei kurze und acht lange Berührungen sowie ein sanftes Stechen am Handgelenk. Das bedeutete: 20 Uhr 31. Gut. Zu dieser Zeit mußte Loé Dantika im Antinea-Saal zu Abend essen. An diesem Abend hatte sie Besucher aus Prudence zu Gast. Sie würde keine Zeit haben, um an ihn zu denken.

Er machte es sich auf dem weichen Sitz des Luftkissenfahrzeugs bequem und konnte die Lage, in die er hineingeraten war, für einige Sekunden sogar vergessen. Er dachte an Loé Dantika. Nun, da die Verbindung mit Lackawanna unterbrochen zu sein schien und er das Gefühl hatte,

Ann-Li für immer verloren zu haben, fühlte er sich mehr denn je zu ihr hingezogen.

»Wir werden bald da sein«, sagte der Fahrer.

Bora-Aul: vierhundert Quadratkilometer. Im Innern des Mikroklimas waren die Entfernungen notgedrungen gering. Plötzlich hielt das Fahrzeug an. Algis begriff, daß sie an einer Kontrollstelle angelangt waren. Alles ging sehr schnell. Der Fahrer des Hovercars murmelte etwas vor sich hin und fuhr weiter. »Jombro!« sagte sein Kollege in zufriedenem Ton. Jombro war ein großes Dorf mit ungefähr zweitausend Einwohnern. Das von der Einwohnerzahl viertgrößte Ballungsgebiet von Bora-Aul. Und gleichzeitig eine panafrikanische Enklave, wo Loé Dantika, die allmächtige Herrin des Mikroklimas, nichts zu befehlen hatte.

Algis wurde gebeten, auszusteigen. Es herrschte mildes Wetter. Tropenklima, dachte Algis. Bora-Aul konnte es sich leisten, drei oder vier zusätzliche Nebenklimas innerhalb des Hauptklimas zu unterhalten. Was sehr teuer war. Und worüber Loé Dantika sich bei George King, ihrem Ex-Ehemann, beklagte, der vom Prudence-Satelliten aus weiterhin ihre Finanzen verwaltete.

Algis versuchte, nicht an das zu denken, was ihn erwartete. Nichts erwartete ihn. Sein Leben war in der Schwebe. Allmählich gewöhnte er sich an den Gedanken, nie wieder sehen zu können. Er ahnte, daß dies seine Art war zu mogeln. Es gab keine blinden Simaks. Für diejenigen, die man die ›Überzähligen‹ nannte und die oft aus der Hauptregierung stammten, gab es den *kalten Kanal.*

Der Agent, der Algis schon zuvor geführt hatte, nahm ihn erneut am Arm: fest, aber nicht mit Gewalt.

Ein lauer Wind ließ die schweren Blätter erzittern. In dieser Zone war es immerzu Sommer. Leise Musik war zu hören. Leise, sehr leise, aufdringliche Musik. Er erkannte den *Clown und die Nymphe,* einen beliebten, aber auch verrufenen Schlager: Man erzählte sich, die panafrikanischen Folterknechte würden zu dieser Melodie ihres Amtes walten. Die Sibirer von nebenan bevorzugten *In den Steppen Mittelasiens* von Borodin. Die Amerikaner unter Major Lynbrook hatten eine Schwäche für *Ich liebe meine Mühle* und *Tamburin meines Herzens*. Jedem seinen Rhythmus.

Zweifellos kam die Musik aus einem offenstehenden Fenster. Ein Hund bellte, Schritte kamen näher. Mit leiser Stimme wurden einige Worte gewechselt. Algis wurde in ein Haus geführt. Einen Augenblick lang blieb er, wie es ihm schien, in einem Flur stehen. Ein Luftzug kühlte ihm das Gesicht. Er ging einige Schritte und streckte die Arme aus, um sich zu vergewissern, daß er allein war. Nach wie vor hielt er sein Badeetui in der linken Hand. Gerne hätte er es geöffnet und den Mikrosender herausgenommen. Aber gewiß warteten die Leute vom Sicherheitsdienst nur auf eine solche Reaktion. Ja, so ist es, dachte er. Sie verdächtigen mich, aber sie haben keine Beweise und versuchen deshalb, mich verrückt zu machen ...

Er strengte sich an, etwas zu sagen. Doch er konnte die Haltung des stummen Hinnehmens, zu der er sich entschlossen hatte, nicht länger bewahren. Er hatte keine Kraft mehr ... Und wer hätte denn an meiner Stelle die Kraft?

Noch immer hörte er die Melodie vom *Clown und der Nymphe,* nun aber schwächer als vorhin. Dann verstummte die Musik.

Sein Mund war von trockenem Speichel wie zugeklebt, und starker Druck lastete ihm auf der Brust. Er zwang sich, tief durchzuatmen. Aber das gelang ihm nur stoßweise. Er fühlte sich kurz vor dem Ersticken. Zudem begann nun auch noch seine Blase ihn zu plagen.

So werden sie mich also schaffen, ohne Anstrengung!

Nein. Mit aller Kraft kämpfte er gegen die Angst und den Schrecken, die ihn zu zerstören drohten. Ja, ihn zu zerstören drohten ... Es war unerträglich. Und das wußten die anderen: Genau das wollten sie.

Er spürte, wie seine Muskeln sich verkrampften, und hatte gleichzeitig den Eindruck, innerlich zu zerschmelzen. Voller Verzweiflung versuchte er, die Kontrolle über seinen Körper wiederzugewinnen. Aber sogar sein Hirn gehorchte ihm nicht mehr. Und er hatte jedes Vertrauen in seine geistigen Fähigkeiten verloren. Gleichzeitig waren seine Gedanken wie von einer kalten Metallschicht überzogen, so dünn und fein wie Zigarettenrauch. Sie entglitten ihm, trieben aus ihm heraus.

Ein Bild ging ihm durch den Kopf: die Inseln im Monde. Es stand in keinem Zusammenhang mit seiner Situation. Vielleicht war das ein Vorzeichen des Wahnsinns. Bei den ›Inseln im Monde‹ handelte es sich um jene inneren Paradiese, die die Simaks aufsuchten und denen Bruno Ceren den Namen ›Babywelten‹ gegeben hatte ... Zuerst sah Algis eine Art winzige Insel mit einem Sandstrand und drei Kokospalmen. Und dieses kleine Stück Land mit seinen stilisierten Bäumen flog durch den Himmel, dem Mond entgegen. Dann verwischte sich dieses Bild und wurde durch das eines rosigen und pausbäckigen Babys ersetzt. Das Baby wuchs, wurde durchsichtig, und im Innern seines Körpers kam eine Welt mit einer Stadt, einem Berg, Wäldern, einem Stück Meer zum Vorschein ...

In diesem Augenblick hatte sich Algis vollkommen von der Realität gelöst und war sich seiner Situation nicht mehr bewußt. Er betrachtete die Welt, von der er geträumt hatte, sie würde sich immer klarer abzeichnen, und er könnte sich ihr nähern. Er empfand ein Gefühl starker, kindlicher Zufriedenheit.

Dann löste auch dieses Bild sich auf.

Nun befand Algis sich nicht mehr im Flur eines unbekannten Hauses in Jombro.

Er ... lag flach in nassem Gras. Ein sehr unangenehmes Gefühl. Er schlug um sich, ganz außer Atem, als wäre er dem Ersticken nahe. Sein Gesicht ruhte in einer schlammigen Pfütze, und er war nackt.

Regentropften fielen ihm auf die Schultern, auf den Rükken, auf die Schenkel. Verzweifelt versuchte er sich zu erinnern. »Was hast du getan, Algis Adamci? Wo sind deine Kleider?« Es gelang ihm, sich hinzuknien. Seine Hände zitterten. Er fühlte sich schwach und schuldig. Der Kopf tat ihm weh. Ein übler Geschmack von Alkohol und Erbrochenem war in seinem ausgetrockneten Mund. Sämtliche Glieder waren steif und schmerzten.

Er erinnerte sich an die Bar, an Eddy, an Biche ...

Die Bar? Welche Bar? Wer waren Eddy und Biche? Ach ja, er hatte Wein getrunken, und er war krank ... Krank ... Ein guter Simak darf nicht krank werden. Und seine Kleider? Nahm man den Kranken die Kleider weg?

Die Nacht kam ihm sehr schwarz und sehr kalt vor. Er konnte die ihn umgebende Landschaft nicht deutlich erkennen. Nicht deutlich ... aber er sah sie! Und sie überraschte ihn nicht. Er konnte sehen: Das kam ihm ganz natürlich vor. Er war ein Simak und konnte sehen, da es keine blinden Simaks gibt!

Mühsam erhob er sich. Er dachte an sein Geld und hätte am liebsten geweint. Hatte er sein ganzes Geld ausgegeben, oder hatte man es ihm gestohlen? Nein, man hatte es ihm nicht stehlen können. Im Nordwesten, wo nur ehrliche und brave Leute lebten, kam so etwas nicht vor. Und sein Freund Eddy hätte es nicht zugelassen, daß man ihn bestahl. Aber im Mikroklima hätte sich Schlimmeres ereignen können. Er rief nach Eddy. »Eddy! Eddy!«

Keine Antwort. Er war entsetzt. Es war Sperrstunde, und er, Algis Adamci, befand sich draußen, allein und nackt. Was würde geschehen, wenn einer der Aufseher ihn schnappen würde? Aber! Aber! sagte er sich. Ein guter Simak darf keine Angst vor Aufsehern haben, die nur getreue Diener von Madame Dantika sind ... Aber er war kein guter Simak mehr, falls er es überhaupt je gewesen war. Und er fürchtete sich vor den Aufsehern von Bora-Aul.

Kein einziges Licht war zu sehen. Schließlich konnte er unmittelbar in seiner Nähe einige große Bäume mit zusammengedrängten Ästen und dichtem Laub erkennen. Vielleicht waren es Tannen. Wohin hatte man ihn gebracht?

Er berührte zwei Baumstämme. Der eine war glatt, der andere eher rauh. Eine Buche, eine Tanne? Er mußte in einem Jagdhochwald mit Buchen und Tannen sein. Aber er wußte nicht, wo sich in seinem Sektor ein solcher Wald befinden sollte. Schließlich sah er zwischen den Ästen einige am Himmel funkelnde Sterne. Er erkannte sie nicht wieder.

Ein guter Simak braucht die Namen der Sterne nicht zu kennen. Sie sind zu weit weg. Sie sind nichts anderes als am Himmel befestigte Lichter. Doch er hatte den Eindruck, früher, in einer fast schon vergessenen Zeit, imstande gewesen zu sein, die Sternbilder zu deuten und ihnen am Himmel und im Weltall ihren Platz zuzuordnen. Ihr Auftauchen gab ihm neue Kraft.

Wieder dachte er an die Ausgangssperre und an seine Situation. Welche Erklärung würde er den Aufsehern geben, wenn sie ihn gefangennehmen würden?

War ein Verstoß gegen die Ausgangssperre ein schwerwiegendes Vergehen? Und wie sollte er beweisen, daß er kein Wilderer war? Nein, Wilderer laufen doch nicht völlig nackt, mitten in der Nacht und fern von ihrem Haus herum! Das schien ihm ein stichhaltiges Argument zu sein. Aber dann würde man ihn für krank oder verrückt halten. Ein Simak kann weder krank noch verrückt sein. Was würde aus ihm werden? Ich werde kein Simak mehr sein, dachte er. Was wird man mit mir tun? Die Vorstellung, einem unbekannten Schicksal die Stirn bieten zu müssen, erschreckte ihn. Er erinnerte sich an den Namen eines Sterns: Wega. War Wega ein am Himmel sichtbarer Stern? Und was hatte dieser Name für ihn zu bedeuten? Dennoch schöpfte er wieder Hoffnung.

Er mußte so schnell wie möglich von hier fort. Er stolperte, stieß gegen einen Baumstamm, gegen zwei, gegen drei; er trat mit der Fußsohle in einen großen Dorn, fand schließlich so etwas wie ein Gleichgewicht wieder. Allerdings nur für kurze Zeit. Er stürzte in einen schlammigen Graben und spürte, wie ein schmieriges Tier unter seinen Händen die Flucht ergriff. »Guter Simak«, sagte er instinktiv.

Er richtete sich wieder auf, und voller Zuversicht begann er im dichten Schatten nach etwas zu suchen, das ihm als Lendenschurz dienen konnte. Vielleicht hätte er sich dichtbelaubte Lianen um die Hüften binden können. Aber er hatte nichts dabei, um sie abzuschneiden. Nachdem er sich vergeblich bemüht hatte, eine auszureißen, gab er es auf. Er mußte ein Obdach finden, um Hilfe bitten. Das beste wäre gewesen, sich heimlich nach Hause zu schleichen. Aber er wußte nicht, wo er sich befand. Ihm war kalt. Er war nackt, und die Sterne konnten ihm nicht helfen, da es nur am Himmel befestigte Lichter waren. Er erinnerte sich an den Großen Bären mit dem noch Norden weisenden Stern. Vielleicht ... Als erstes mußte er aus diesem Wald herausfinden.

Er begann zwischen den Baumstämmen hindurch loszugehen. Nach einigen Minuten erreichte er eine Straße. Eine schmale, aber gut gepflegte Straße mit glattem Belag und sauberen Rändern, die fast schnurgerade in den dichten Hochwald hineinführte und nur einen schmalen Streifen Himmel über den Bäumen erkennen ließ ... Er befand sich tatsächlich in einem großen Jagdrevier und würde vielleicht außer großen Tieren auch einen oder mehreren Wildhütern begegnen, die ihren Rundgang machten. Außer ihrer üblichen Tätigkeit übten die Wildhüter auch die der Landpolizei von Bora-Aul und die der Leibwache der Besitzerin aus.

Eine Hand legte sich ihm auf die Schulter.

Er zuckte zusammen und drehte sich um. Er schrie. Erneut umgab ihn die absolute Dunkelheit der Blindheit, und er stand wieder im Flur eines ihm unbekannten Hauses in Jombro. Wie viele Minuten waren seit seiner Ankunft vergangen? Unmöglich, es zu sagen. Aber er mußte Gewißheit darüber erlangen, daß die Agenten des panafrikanischen Sicherheitsdienstes ihn nicht länger als einige wenige Augenblicke in diesem Flur alleingelassen hatten.

»Kommen Sie!« sagte der Mann.

Algis wurde in ein Zimmer gestoßen, in dem es sehr kühl war.

»Guten Tag«, sagte eine rauhe Stimme. »Ich bin Leutnant Rayne.«

»Guten Tag«, antwortete Algis.

Der Leutnant wandte sich an eine weitere Person, deren Anwesenheit Algis gespürt hatte, und sprach zu ihr wie zu einem Kind.

»Du, sag: ›Guten Tag, Herr Sekretär‹!«

»Guten Tag, Herr Sekretär«, sagte eine weibliche, etwas belegte Stimme.

Die Stimme eines Simaks! dachte Algis. Und plötzlich erinnerte er sich wieder an diesen eigenartigen, eben erlebten Vorfall.

»Ich mag Simakfrauen sehr«, sagte Leutnant Rayne. »Es ist bequem für einen alleinstehenden Mann ... Zu Ihrer Linken steht ein Sessel. Nehmen Sie doch Platz. Möchten Sie einen Aperitif?«

»Nein«, antwortete Algis.

»Ich frage mich, ob Sie die Stimme meines Simaks nicht wiedererkannt haben. Selbstverständlich ändern sich ihre Stimmen ... Sag noch etwas, du!«

»Ich weiß nicht, was ich sagen soll.«

»Sag: ›Ich bin sehr froh, ein Simak zu sein‹.«

»Ich bin sehr froh, ein Simak zu sein«, wiederholte die Frau unterwürfig.

»Guter Simak! Guter Simak!« sagte der Leutnant. »Komm, du hast dir eine Belohnung und einen Kuß verdient. Da ... Und nun sag: ›Ich heiße Gella, Herr Sekretär‹.«

Algis biß sich auf die Lippen, um nicht zu schreien. Seit wenigen Sekunden hatte er Gellas Stimme wiedererkannt. Aber noch war ihm ein winziger Funken Hoffnung geblieben, sich getäuscht zu haben. Als auch diese Hoffnung schließlich zerstört wurde, hatte er das Gefühl, ein eisiger Pfeil würde sich in sein Herz bohren.

»Ich bin sicher, daß ein Tropfen Alkohol Ihnen jetzt guttun würde«, sagte Leutnant Rayne.

Automatisch streckte Algis die Hand aus. Ja, er brauchte nun wirklich etwas zu trinken, um diesen letzten Schlag zu verkraften. Der letzte oder erst der erste Schlag? Was hatte der Sicherheitsdienst noch alles mit ihm vor? Er setzte sich und trank. Das leere Glas wollte er auf den Tisch niedersetzen, den er vor sich wähnte. Er verfehlte den Tisch; dann fiel ihm ein, daß es womöglich gar keinen gab. Er hatte eine Halluzination gehabt. Vielleicht eine Folge des Phänomens, das er eben erlebt hatte ... Das Glas fiel zu Boden und zerbrach.

Die Leute vom Sicherheitsdienst hatten Gella in einen Simak verwandelt. Auch er würde bald an der Reihe sein. Er war sich nun sicher, vorhin in seine eigene Zukunft projiziert worden zu sein. Warum? Wie? Vielleicht würde er es später begreifen.

In absehbarer Zeit würde auch er ein Simak in Bora-Aul sein. Ein sehender Simak, denn blinde Simaks gab es ja nicht. Aber auf welche wundersame Weise würde man ihm sein Augenlicht wiedergeben können; durch eine teure Operation, die ihn zu einem Sklaven mit vernebeltem Gehirn machen würde? Oder aus reiner Barmherzigkeit? Oder würde Loé Dantika die Unkosten übernehmen, aus einem Rest an Zuneigung zu ihrem ehemaligen Sekretär? Daran glaubte er nicht.

Er schwieg. Er spürte den auf ihn gerichteten Blick des Leutnants. Die Gewißheit, Gellas Schicksal bald zu teilen, machte jeden Widerstand in ihm zunichte. Die Männer des Sicherheitsdienstes warteten wahrscheinlich auf Beschimpfungen, Verzweiflungsschreie, Bitten oder weiß Gott was. Doch Algis schwieg. Als Leutnant Rayne schließlich zu sprechen begann, lagen Verlegenheit und Ratlosigkeit in seiner Stimme.

»Ich glaube nicht, daß Gella sich an Sie erinnern kann, Herr Adamci. Kurz nach der Begegnung mit Ihnen hat sie ihren Vertrag unterschrieben. Anfang März, wenn ich mich nicht irre. Ihre Behandlung hat sogleich begonnen. Sie ist eben erst aus dem Formationszentrum entlassen worden. Seit zwei Tagen steht sie nun in meinen Diensten ...«

Das geht zu weit, dachte Algis. Er rechnet damit, daß ich in Panik oder in Wut gerate und mich auf die eine oder andere Art verrate. Doch mein Verhalten verwirrt ihn, und er beginnt sich zu fragen, ob sein Plan nun fehlgeschlagen ist.

Der Leutnant lächelte forciert und sagte:

»Wenn Sie mir die Ehre erweisen würden, mit meinen Freunden und mir zusammen zu Abend zu essen, so wird Gella uns bedienen.«

Algis zögerte. Er konnte Gella nicht helfen. Er konnte es nicht einmal verhindern, an ihrem Schicksal teilzunehmen. Und alles, was er versuchen könnte, würde die Situation nur noch verschlimmern und niemandem nützen, außer den Leuten vom Sicherheitsdienst. Übrigens war Gella gewiß nicht unglücklich. Zahlreiche Männer und auch einige Frauen unterschrieben den Simak-Vertrag in der Hoffnung, so zu ihrem Glück zu finden. Und in gewisser Hinsicht hatten sie ja auch Erfolg.

»Ich habe Hunger«, sagte Algis.

In einer windstillen und lauen Nacht des Mikroklimas brachte das Luftkissenfahrzeug ihn dann nach Revention zurück. Er hatte Leutnant Rayne die Stirn geboten und hatte gewonnen. Das heißt, er hatte die erste Runde für sich entschieden. Und innerhalb weniger Stunden hatte sich seine Lage beträchtlich gewandelt. Zum Guten oder zum Schlechten? Sowohl zum Guten als auch zum Schlechten, sagte er sich. Und schließlich fühlte er sich viel stärker. Er war bereit zu kämpfen. Er besaß etwas, das er zwar noch nicht genau beschreiben konnte, von dem er aber wußte, daß es zu einer Waffe werden konnte. In seinem Kopf nahm seine Kampftaktik allmählich Gestalt an.

Andererseits wußte er sehr wohl, daß die Leute vom Sicherheitsdienst ihn verdächtigten. Er wußte, daß man ihn bald verhaften und zwingen würde, einen Simak-Vertrag zu unterzeichnen. Ihm blieb nicht mehr viel Zeit. Er mußte handeln, und zwar schnell ... Handeln? Vielleicht auch versuchen, das Mißtrauen der panafrikanischen Geheimagenten einzuschläfern, um einige Tage Zeit zu gewinnen.

Eine Art Freude stieg in ihm hoch. Er hatte den Eindruck, in seinem dunklen Gefängnis hätte sich ein Fenster geöffnet.

Der Fahrer rollte das Dach des Wagens, eines Shan-tien chinesischer Fabrikation, nach hinten. Ein lauer, bitter riechender Luftzug drang in die Kabine. Das Fahrzeug durchquerte, auf einem sehr geraden Weg, ein Aquakultur-Gebiet. Dann geriet es in den Störungsbereich eines Luftgenerators. Algis döste vor sich hin. Entweder hatte er zuviel Alkohol getrunken oder aber ... Oder aber die Leute vom Sicherheitsdienst hatten ihm, als Vorbereitung auf das Verhör, einen besonderen Cocktail zu trinken gegeben! Die am häufigsten verwendete Mischung bestand aus einem entschlußlähmenden, einem einschläfernden und einem hypnotisierenden Präparat. Resultat: Das Subjekt verlor jede Willenskraft, in Strömen flossen die Erinnerungen aus seinem Gedächtnis, während ein Halbschlaf seine Reaktionsfähigkeit stark herabsetzte. Die Urheber der Operation brauchten sich nur noch hinzusetzen, ihre Fragen zu stellen und geduldig auf die Antworten zu warten.

Algis versuchte, gegen die Müdigkeit anzukämpfen. Glücklicher Schwachkopf! Dummkopf von einem Simak! Er stützte sich gegen die Rückenlehne seines Sitzes und schloß die Augen. Ein Reflex, den er nie vollständig verloren hatte. Bitterkeit überkam ihn. Er war bereits zu schwach, um wütend zu werden. Er war in eine Falle geraten, die so mächtig war wie ein Berg. Eine Falle, tief wie das Meer und dumm wie Stroh. Es war zum Heulen. Bald würde er weinen. Bald würde er zugeben, ein in amerikanischen Diensten stehender Spion zu sein. Er würde der Wirkung der Drogen, die er mit Sicherheit geschluckt hatte, nicht standhalten. Es sei denn ...

Er konzentrierte sich und rief nach dem Computer von Chanalorn. *Mayday! Mayday!*

Algis an Ann-Li. Der panafrikanische Sicherheitsdienst wird mich vernehmen. Ich stehe unter dem Einfluß eines Cocktails X. Können Sie mir helfen, helfen, helfen ... Mayday! Mayday!

ICH WERDE VERHÖRT WERDEN: ICH STEHE UNTER DEM EINFLUSS EINES COCKTAILS X. HELFEN SIE MIR! HELFEN SIE MIR!

Einen Augenblick lang verlor er das Bewußtsein. Dann wurde ihm klar, daß er sich nicht mehr im Luftkissenfahrzeug befand. Er ging, wurde gestützt und von den Männern des Sicherheitsdienstes fast getragen. Jemand sprach mit leiser Stimme. Er glaubte, Leutnant Raynes Stimme wiederzuerkennen. Er nahm also mit seinen Männern am Verhör teil. Einer der Agenten ließ ihn los. Der Durchgang mußte enger geworden sein, und es war unmöglich, ihn zu dritt nebeneinandergehend zu passieren. Beinahe wäre Algis hingefallen. Er spürte, wie man ihn zum Eingang einer Wohnung schleppte.

Er versuchte, eine weitere Mitteilung an den Computer weiterzugeben: ICH WERDE VER ...

Dann verstummte er. Unter dem Einfluß des Hypnotikums stieg eine Erinnerung in ihm auf. Eine Erinnerung, die ihm vielleicht besser nicht gekommen wäre. Die Erinnerung an eine Überlegung, die jemand geäußert hatte, als er bewußtlos war. Sein Implantat, ein Bleakroe 17, hatte keine Wirkung mehr auf sein Hirn. *Und für diejenigen, die ihn überwachten, gab es nur noch eine einzige Möglichkeit: die Zerstörung des Mikrosenders hervorzurufen. Das war möglich. Nur war das Subjekt damit zur Idiotie und zum hochgradigen Schwachsinn verurteilt ...*

Algis berechnete seine Chancen: Sie waren gleich Null. Seine Lage: völlig hoffnungslos.

Er mußte sich mit dem Schicksal eines Simaks abfinden. Für den Rest deines Lebens wirst du ein Sklave der Herren von Bora-Aul sein, Algis Adamci. Weniger noch als ein Sklave: ein größtenteils seiner Intelligenz und seines Gedächtnisses beraubtes Tier. Du kannst dir selbst Lebewohl sagen!

FÜNFTES KAPITEL

Algis Adamci lehnte sich in seinem Sessel zurück, stützte den Kopf gegen die gepolsterte Rückenlehne und versuchte sich auf die Erinnerungen zu konzentrieren, die ihm durch das Gedächtnis schossen. Er war zugleich sehr müde und sehr hellsichtig. Er wußte, daß die Offiziere des panafrikanischen Sicherheitsdienstes ihn im Moment irgendwo draußen auf dem Land verhörten. Vielleicht in einem Landhaus, inmitten dichter Niederwälder.

Aber er hatte weder den Wunsch noch die Kraft, sich der Wirkung der Drogen zu widersetzen, die er geschluckt hatte und die ihn äußerst kooperativ machten. Im Gegenteil, er hatte Lust, kooperativ zu sein.

Zwei Verse gingen ihm nicht aus dem Kopf. *Algenib, geflügeltes Roß – Zur Leier ist es entflogen ...*

Seine Erinnerungen waren nach wie vor konfus. Seien wir geduldig, sagte er sich, das wird schon wieder werden. Eine ferne Stimme fragte:

»Sie sind doch Algis Adamci?«

»Ja, das bin ich.«

»Am zehnten Mai des Jahres 2044, also dieses Jahres, haben Sie mit Madame Dantika, der Besitzerin von Bora-Aul, einen Vertrag abgeschlossen, in dem Sie sich bereiterklärten, sich einer Hemmbehandlung durch das Mono-Amin K zu unterziehen ... Stimmt das?«

»Ich begreife nicht. Wir haben doch erst den 4. Mai 2044.«

Sie scheinen Ihr Zeitgefühl verloren zu haben. Aber das ist ganz natürlich ... Ungefähr einen Monat später sind Sie ein Simak geworden und als solcher von der Verwaltung von Bora-Aul eingestellt worden. Sie waren als Aufseher im Farnpark, im Nordwesten, beschäftigt. Und Sie waren sehr glücklich ...«

»Ja, ich war sehr glücklich«, sagte er.

Er dachte: Das Hypnotikum. Diese Droge hat eine enorme

Wirkung auf mein Erinnerungsvermögen. *Sie verschafft meinem Bewußtsein Erinnerungen an die Zukunft, die mit der Gegenwart verschmelzen!*

Eine aus der Nähe kommende Stimme mischte sich ein. Dann noch eine.

»Nein, so geht es nicht. Oder die Dosis war zu stark ...«

»Dieser Kerl hat ein außergewöhnliches Empfindungsvermögen.«

»Mit seinem Gedächtnis klappt etwas nicht.«

»Die Erinnerungen wirbeln ihm durch den Kopf. Wir müssen warten, bis er sich wieder beruhigt hat!«

»Für wen arbeitest du, Algis Adamci?« fragte Leutnant Rayne.

Aber Algis konnte ihn nicht hören. Er antwortete auf eine andere, von einer anderen Stimme gestellte Frage, welche die Leute des Sicherheitsdienstes nicht wahrnehmen konnten:

»Warum sind die Simaks glücklich?«

»Die Simaks sind glücklich, weil sie glauben, die Sterne seien am Himmel befestigte Lichter!«

Leutnant Rayne schüttelte den Kopf.

»Unsinn.«

»Er macht sich über uns lustig, Chef!« sagte einer der Männer des Sicherheitsdienstes namens Alvarez.

»Es ist unmöglich ... Algis Adamci, mit wem hast du dich getroffen, als du das erste Mal in Lackawanna warst?«

Algis hörte: »Wer hat dich dazu getrieben, ein Simak zu werden?« Er antwortete:

»Niemand hat mich dazu getrieben. Ich habe es so gewollt.«

»Was hast du gewollt?« fragte der Major.

Algis hörte: »He, Simak, komm mal her!« Und er sagte mit heiterer Stimme:

»Ich folge Ihnen, Monsieur Eddy!«

Einen Augenblick lang waren alle still; dann ergriff Leutnant Rayne das Wort:

»Im Moment ist nichts zu machen. Wir müssen warten.«

»Und wenn die Dosis zu stark war?« wagte ein Agent namens Mauguio zu bemerken. »Wenn der Kerl nun übergeschnappt ist? Das wäre doch möglich, oder?«

»Die Dosis war normal ... aber alles ist möglich!«

»Glauben Sie, daß wir lange warten müssen?« fragte Alvarez.

»Weiß ich doch nicht, Herrgott noch mal!« schimpfte der Leutnant.

Die Stimmen der Männer des Sicherheitsdienstes riefen in Algis' Kopf eine Art Erregung hervor. Und sogleich brach eine Flut von Erinnerungen über ihn herein, drängte sich ihm auf und verjagte jeden Gedanken, jede Empfindung. Zweifellos lag es an der Wirkung des Hypnotikums. Aber die Erinnerungen stammten aus der Zukunft und konnten unmöglich mit den Fragen des Leutnants in Einklang gebracht werden, die sich selbstverständlich auf die Vergangenheit bezogen.

Erneut wurde Algis in die Zukunft projiziert. Mitten in der Nacht ging er eine Straße entlang. Zu seiner Linken befand sich ein düsterer Graben, auf dessen Grund ein wenig Wasser plätscherte. Das Gras unter seinen Füßen war vereist. Er dachte an seine Hütte und an sein Bett.

Dann wechselte die Bildfolge. Jemand schrie: »Noch so ein Trunkenbold, der sich in einer Bar bis auf die Knochen hat ausnehmen lassen! Bleib, wo du bist!« Algis wurde in ein übelriechendes kleines Zimmer gestoßen, in dem es nur ein winziges vergittertes Fenster gab: eine Gefängniszelle für Wilderer ... Algis jammerte: »Man hat mir mein ganzes Geld geklaut!« Der Wärter brummte: »Wenn du nicht still bist ...!« Algis machte einen weiteren Sprung durch die Zeit. Er ging durch einen Park spazieren, an einer Reihe von Zwergpalmen entlang. Ein Garten in Revention vielleicht ... Aber eigentlich ging er gar nicht spazieren! Er war auf der Flucht. Ein Nebelschleier breitete sich vor seinen Augen aus. Er fragte sich, ob er nun wieder blind werden würde. Vor lauter Fieber dröhnte ihm der Kopf. Er war lange Zeit gelaufen und nun mit seiner Kraft am Ende.

Er prallte gegen einen menschlichen Körper, den er kaum erkennen konnte. Laue Regentropfen peitschten ihm ins Gesicht und ließen ihn zum Teil wieder zu sich kommen.

Und dann befand er sich wieder in dem Zimmer, in dem die Agenten des Sicherheitsdienstes ihn verhörten. Er erinnerte sich daran, daß die Dunkelheit nicht auf das Zimmer, sondern auf seine eigene Blindheit zurückzuführen war. Bald würde eine Operation ihm das Augenlicht wiedergeben und einen glücklichen Simak aus ihm machen!

Je näher man der Phasenbarriere kam, um so heftiger wurden die Luftströme. Zu Beginn der Nacht konnte der Temperaturunterschied zwischen Bora-Aul und der Hare – der Hauptregierung – zehn Grad überschreiten. Bora-Aul, das war fast wie in Afrika. Die Hauptregierung, wo es keine Hitze gab, da die Wärme in den Mikroklimas wiederverwertet wurde, glich den Kornebenen der U.S.R.E. Und manchmal wurde sie der Tundra ähnlich ...

Hier versorgte der Wind eine beeindruckende Reihe von Luftgeneratoren in Form von auf den Kopf gestellten Pilzen, die im Durchschnitt fünfzig Meter hoch waren. Wälder, Viehweiden und ausgedehnte Wasserflächen bedeckten die umliegenden Bezirke.

Alvarez, Leutnant Raynes Adjutant, steuerte das Luftkissenfahrzeug. Sein Chef saß neben ihm. Im Fond des Wagens saß Mauguio und bewachte den bewußtlosen Algis Adamci. Sie erreichten ein kleines Grenzdorf namens Café-Royal, in dessen Nähe sich die Passage befand, durch die sie in die Hare gelangen wollten: ein Tunnel unter der plasmaphasischen Wand. Dieser Tunnel ging von der Krypta einer leerstehenden Kirche aus und mündete, einige hundert Meter vom Moorland entfernt, das sich zwischen Bora-Aul und Lackawanna erstreckte, in eine verlassene Sandgrube.

Tatsächlich war dieser geheime Übergang vielen bekannt. Und selbst den Grenzbeamten der Hauptregierung war er nicht gänzlich verborgen geblieben. Vor einigen Tagen hatte

Gella Algis dorthin geführt, damit er sich mit Ann-Li treffen konnte.

»Und man weiß immer noch nicht, was der Kerl draußen in der Natur zu suchen hatte!« sagte Alvarez.

»Eine Frau treffen – das behauptet Gella jedenfalls.«

»Wozu?«

»Die Liebe!« sagte Mauguio.

»Gella war eifersüchtig, aber sie hatte keine Ahnung«, sagte der Leutnant.

»Sie pflegte öfter Leute durch den Tunnel zu schleusen«, sagte Alvarez. »Für einige wenige Gecs. Togo Jeff hat es mir bestätigt.«

»Die gesamte Überwachungsmannschaft von Dixinn arbeitet mit der Hauptregierung zusammen. Aber das bringt uns nicht weiter.«

»Wo sollen wir ihn hinbringen?« fragte Mauguio.

Der Leutnant antwortete nicht. Alvarez parkte den Hovercar an der Kirchenmauer. Die Leyman-Schicht hielt das Licht des Mondes ab, der auf der anderen Seite des Mikroklimas aufging. In dieser Zone gab es keine Lichtbälle. Keine Straßenbeleuchtung. Nur hie und da waren die glänzenden Trauben eines Gewürznelkenbaumes zu erkennen. Die Nacht war düster. Alvarez schaltete die Scheinwerfer aus, nahm eine Stablampe zur Hand. Lässig ließ der Leutnant eine Hand unter seine Weste gleiten und zog eine schwere Wolfe-Mixte mit Gaspfeilen hervor. Mauguio schaute ihm dabei zu und zuckte mit den Schultern.

»Keine Gefahr, Chef, das garantiere ich Ihnen.«

»Man kann nie wissen, mein Lieber.«

»Hören Sie«, sagte Alvarez, »wenn wir noch ein letztes Mal versuchen würden, ihn zu verhören, bevor wir ihn auf die andere Seite schaffen?«

Der Leutnant zögerte.

»Glaubst du tatsächlich daran? Der Kerl ödet mich an.«

In diesem Moment ertönte ein leises Surren vom Armaturenbrett des Wagens.

»Das Telefon, Leutnant!« sagte Alvarez.

»Wie bitte?«

Der Leutnant sprang vom Sitz hoch, beugte sich nach vorn zum Apparat und nahm den Hörer ans Ohr.

»Rayne?« fragte eine dumpfe Stimme. »Hier spricht Major Boendé. Wo sind Sie?«

»Nun, wir befinden uns in der Nähe von Café-Royal, Monsieur.«

»Sie wollen ein Paket auf die andere Seite schaffen, nicht wahr, nach alter Tradition?«

»Ja, das stimmt, ob Tradition oder nicht.«

»Der kleine Sekretär?«

»Ja, es tut mir leid, aber ...«

»Ist er tot?«

»Nein, nein. Wir wollen ihn in einen Weiher, in ein Moor oder etwas ähnliches befördern. Es wird wie ein Unfall aussehen. Er ist schon einmal dorthin gegangen, auf eben diesem Weg; man wird sich also nicht wundern. Das heißt: Nach Madame Dantikas Meinung können wir es als einen Unfall ausgeben.«

»Das möchte ich bezweiflen. Ich will keine Schwierigkeiten mit Madame Dantika. Hat er gestanden?«

»Nicht wirklich. Es würde mich nicht wundern, wenn die Hypnose ihn blockieren würde. Aber wir wissen nicht genug, um beweisen zu können, daß er in der Tat mit den Amerikanern zusammenarbeitet.«

»Mit anderen Worten: Sie wissen überhaupt nichts. Ihr Unternehmen ist gescheitert, und nun schaffen Sie sich Ihren Verdächtigen vom Hals, um die Spuren Ihres Mißerfolges zu verwischen. Oder irre ich mich?«

»Allerdings, Monsieur.«

»Das nehme ich gerne an ... Wie dem auch sei, Sie müssen Ihren Plan nun ändern. Sie kehren in Ihre Hütte zurück. Ich meine, nach Revention! Bringen Sie ihn auf sein Zimmer zurück, so als wäre überhaupt nichts passiert. Lassen Sie ihn überwachen. Ich werde mich ebenfalls um ihn kümmern. Ich bin sicher, daß er sich so oder so verraten wird. Und ich werde mit Madame Dantika eine Vereinbarung treffen, um ihn uns vom Hals zu schaffen. Bruno Ceren wird schon einen Weg finden.«

»Ich möchte Sie daran erinnern, daß er blind ist. Sie können keinen Simak aus ihm machen.«

»Darüber läßt sich ... Nun gut, wir werden uns mit dieser Frage beschäftigen. Auf keinen Fall will ich Schwierigkeiten mit Madame Dantika. Und falls Sie es noch nicht wissen sollten, so teile ich Ihnen hiermit mit, daß sie General Shaba im nächsten Monat zu einem Privatbesuch empfangen wird!«

»Sehr gut, Monsieur. Ich stehe zu Ihren Diensten.«

»Gute Fahrt, Leutnant!«

Leutnant Rayne drehte sich zu seinen Männern um.

»Auf nach Revention!« sagte er.

SECHSTES KAPITEL

Algis Adamci erwachte in seinem Zimmer im Hotel Kaloum. Der Kopf tat ihm weh. Der ganze Körper schmerzte fürchterlich. Jammernd biß er die Zähne zusammen. Er streckte die rechte Hand aus, und seine Finger berührten die Tastatur des elektronischen Monitors. Musik, warme Getränke, Arzneimittel, Körperpflegemittel ... Das automatische Fürsorgesystem, das er nur sehr selten in Anspruch nahm, setzte sich in Bewegung.

Eine Stunde später fielen ihm seine Erinnerungen wieder ein, inmitten der Verwirrung und der Angst, aber mit einem heftigen Realitätsgefühl. Ja, er hatte diese Erfahrungen wirklich gemacht. Nein, es war kein Alptraum. Ja, einstweilen war er den Leuten des panafrikanischen Sicherheitsdienstes entkommen. Er begriff nicht, auf welche Weise. Er hatte es vergessen. Er mußte sich so schnell wie möglich informieren ... Nein, das Spiel war noch längst nicht gewonnen. Ja, er hatte noch eine Chance, seinen Plan zu verwirklichen, vorausgesetzt, er handelte schnell.

Der Monitor teilte ihm mit, daß es 22 Uhr 15 war, der 5. Mai 2044. Madame Dantika hatte am frühen Morgen einmal nach ihm gefragt. Doch der medizinische Dienst des Hotels hatte ihr geantwortet, er fühle sich *unwohl*. Ein Arzt war gekommen, hatte ihn untersucht und genaue ärztliche Anweisungen gegeben. Den restlichen Tag über war Madame Dantika abwesend. (Ein glücklicher Umstand ...) Algis las die Verordnungen des Arztes genau durch, nahm ein weiteres Medikament, ging kurz zur Massage in die Körperpflege-Abteilung. Dann ließ er sich ein Omelett und einen Obstsalat bringen.

Er hatte beschlossen, sich sofort an die Arbeit zu machen. Vielleicht waren seine Stunden in Freiheit schon gezählt. Unglücklicherweise eignete sich das Datengerät in seinem

Appartement nicht zu dem, was er vorhatte. Er mußte sein Büro aufsuchen. Wahrscheinlich würde er die Nacht dort verbringen. Er dachte über die Möglichkeit nach, sich unverzüglich mit Madame Dantika zu treffen, falls sie inzwischen zurückgekehrt war. Vielleicht könnte sie ihm, mit George Kings Hilfe, zu einer Schaltverbindung mit den Computern von Prudence verhelfen ... Aber schließlich unterließ er es dann doch. Er würde mit den ihm verfügbaren Mitteln arbeiten. Oder eine andere Lösung finden.

Noch immer hatte er ein wenig Kopfschmerzen. Er zögerte. Vielleicht hätte er mit der Arbeit im Appartement beginnen können. Nein, beschloß er am Ende. Er war nicht sicher, ob sein Gehirn in der Lage wäre, schnell und gut zu funktionieren. Er mußte die Computer zu Hilfe nehmen und würde, falls er in seinem Büro arbeitete, mehrere Stunden gewinnen. Kostbare Stunden. Wenn alles gutgeht ... Natürlich gab es da gewisse Risiken. Aber er mußte sie in Kauf nehmen.

Er füllte einen Aktenkoffer mit Dokumenten und packte einige Vorräte in eine Reisetasche. Dann gab er verschiedene Befehlsanweisungen in den Computer des Appartements ein. Kurz vor dreiundzwanzig Uhr machte er sich auf den Weg in sein Büro. Es begann ein Wettlauf mit der Zeit, bei dem sein eigenes Schicksal auf dem Spiel stand.

Die Flure des Kaloum-Hotels waren beinahe menschenleer. Im Songhay genannten Nordflügel befanden sich die Verwaltungsbehörden des Mikroklimas: gewissermaßen die Regierung von Madame Dantika. Nur wenige der Angestellten und Mitarbeiter wohnten hier. Im Prinzip erfolgte die Überwachung außerhalb. Weder die Aufseher noch die Stadtmilizen und auch nicht die panafrikanischen Gendarmen konnten theoretisch in den Gebäuden selbst in Aktion treten. Ausschließlich der private Ordnungsdienst von Madame Dantika garantierte – im Prinzip, versteht sich – die Kontrolle über die Verwaltungsgebäude und Regierungssitze ... Während Algis langsam durch einen Flur im ersten Stockwerk ging, dachte er über dieses Problem nach. Er wohnte im ersten und arbeitete im dritten Stockwerk. Er dachte über die Möglichkeit nach, sich in seinem Büro einzuschließen, um vielleicht, falls das nötig wäre, einige Minuten Zeit zu gewinnen ...

Er beschloß, die Treppe zu benutzen. Nicht daß der Fahrstuhl ihm Schwierigkeiten bereitet hätte, sondern: ›Man kann nie wissen‹, wie die alte Devise der Geheimagenten lautete. Er schauderte – vor Ungeduld, nicht vor Angst.

Jemand kam die Treppe herunter. Wahrscheinlich einer vom Ordnungsdienst oder ein Simak des Hauspersonals. Die Schritte kamen ihm bekannt vor. Es war ein Simak.

»Guten Abend, Monsieur Adamci«, sagte eine freundliche Stimme. »Ich bin's, Luciano, Monsieur.«

»Guten Abend, Luciano. Alles in Ordnung?«

»Alles in Ordnung, Monsieur. Wollen Sie in Ihr Büro, Monsieur?«

»Nein, ich komme eben von dort. Ich gehe in meine Wohnung zurück.«

Warum diese Lüge? Nur ein Reflex. Es war ja so einfach, einen Simak zu belügen ... Algis wartete, bis Luciano sich entfernt hatte, bevor er die Treppe hochstieg. Ansonsten begegnete er niemandem mehr. Einige Minuten später schloß er sich in sein Büro ein, das aus einem schmalen Flur, einem *Suitoff*, einem Arbeits- und Erholungsraum mit Badenische und Balkon und einem Informatik-Atelier bestand. Wie ein Bär in seinem Käfig begann er hin und her zu gehen. Er wußte nicht so recht, wie er die Aufgabe, die ihn erwartete, angehen sollte.

Lange – das heißt: vielleicht während ein oder zwei Minuten – ging er im Zimmer auf und ab, außer Atem und mit pochenden Schläfen. Er hatte sämtliche Lampen eingeschaltet. Die Vorstellung, in der Dunkelheit zu verharren, ängstigte ihn zutiefst, auch wenn es für ihn eigentlich keinen Unterschied gab.

Zuerst ein Grundprinzip, sagte er sich. Da du beschlossen hast, mit den Computern zu arbeiten, darfst du keine vorgefaßte Meinung über deine Lage und die Ereignisse, die du soeben erlebt hast, im Kopf behalten ... Er mußte also zwei Hypothesen in Betracht ziehen und diese in sein Programm aufnehmen: 1. Die Projektionen in die Zukunft, die er, ohne es zu wollen, einige Stunden zuvor durchlebt hatte, entsprachen der Realität. 2. Sie waren nur Phantasmen, oder besser gesagt: eine Vorahnung. Die Computer würden im Hinblick auf diese beiden Möglichkeiten arbeiten. Aber letzten Endes würde er doch gezwungen sein, selbst zu wählen. Dann würde man schon sehen.

In Informatik stand er auf Bildungsstufe 6. Aber er war blind. Das bedeutete für ihn ein gewisses Handicap, vor allem was die Schnelligkeit anging. Ach, wenn er doch mit dem Netz von Prudence hätte arbeiten können ...

Er mußte noch eine andere Wahl treffen: entweder mit Sprechfunk arbeiten, um die Schnelligkeit zu fördern, oder mit dem Druckverfahren und einem Code-Führer, um die Geheimhaltung zu sichern. Er entschied sich für die Schnelligkeit, also für das Sprechfunkverfahren. Im Moment konnte er keine Sonderschaltung bekommen. Also mußte er ausschließlich mit dem Hauptnetz arbeiten. Wahrscheinlich würde ihm das genügen, zumal er über eigene persönliche Dokumente auf Kassetten und in seinem Gedächtnis verfügte.

Nachdem diese Probleme geregelt waren, begann er über das Ziel nachzudenken, das er erreichen wollte. Da es wahrscheinlich erschien, daß man ihn bald in einen Simak verwandeln würde, mußte er versuchen, sich in diesem neuen Zustand ein Höchstmaß an Erinnerungen und Scharfblick zu bewahren. Oder eventuell versuchen, ein automatisches Weckverfahren zu programmieren. War das möglich? Wenn irgend jemand dieses bereits geschafft hatte, so erschien es doch sehr zweifelhaft, daß die Banken des Hauptnetzes, die für die Datenverarbeitung zuständig waren, Kenntnis davon hatten ... Wie auch immer, er würde abwarten müssen.

Um dreiundzwanzig Uhr einunddreißig setzte er seinen Helm mit den unabhängigen Kopfhörern auf. Er war es gewöhnt, so zu arbeiten, und diese Methode bot ihm gewisse Vorteile.

Um dreiundzwanzig Uhr dreiunddreißig begann der Tanz!

Je später es wurde, je schneller die Maschinen drehten und sein eigenes Hirn immer wirksamer zu arbeiten begann, um so besser bekam Algis Adamci seine Nervosität und Ungeduld unter Kontrolle. Er begann sogar, sich wieder stark zu fühlen, so stark, wie er einige Zeit lang in Jombro, im Hause von Leutnant Rayne, gewesen war.

Sogar seine Kopfschmerzen verflogen. Alles lief gut. Zu gut, um lange andauern zu können! sagte er sich. Kurz vor Mitternacht nahm er den Helm wieder ab, um sich ein wenig auszuruhen, ein Glas Orangensaft zu trinken und zwei Traubenzuckertabletten zu kauen.

Die Angaben häuften sich. Er sammelte die allgemeinen Informationen. In gewisser Hinsicht schien er eher weniger klarzusehen als zu Beginn der Sitzung. Über diesen Gedanken mußte er lachen. Du wirst erst klarsehen, wenn du ein Simak geworden bist, denn blinde Simaks gibt es nicht! Ohnehin hatte er nie damit gerechnet, vor dem Ende der Nacht zu einem wichtigen Resultat zu kommen.

Um null Uhr vierundzwanzig setzte er sich mit dem Verwaltungsnetz von Bora-Aul in Verbindung. Für den Fall ...

Um null Uhr zweiunddreißig erhielt er von einer asiatischen Bank sehr interessante Angaben über die ›Inseln im Monde‹, die ›inneren Welten‹ der Simaks. Für ausführlichere Auskünfte verwies man ihn auf die Arbeiten der Japaner über die *Wikis*. Die *Wikis*? Das Wort war ihm nicht unbekannt, aber an Einzelheiten konnte er sich nicht mehr erinnern.

Für einen Simak existiert die Vergangenheit höchstens in Form von knappen Reminiszenzen. Das Subjekt hat den Eindruck, immer derjenige gewesen zu sein, der es im Moment ist. Aber ›immer‹ bedeutet für ihn einige Monate. Zumal fast alle Simaks in Mikroklimas leben, wo es keine jahreszeitlich bedingten Veränderungen gibt und wo alle zeitlichen Anhaltspunkte fehlen. Ferner ist zu beden-

ken, daß die Erhaltung der körperlichen Kondition eines Simaks im klimatischen Hauptregime nahezu unmöglich ist.

Das Wort ›Wikie‹ oder ›Wiki‹ ist eine Ableitung von week. *Der Wiki, eine Art Super-Simak, könnte in seinem Gedächtnis und seinem Bewußtsein auf keinen größeren Zeitraum als auf eine Woche zurückblicken. Der Konditional ist hier unbedingt notwendig, da die Nachforschungen auf diesem Gebiet noch geheimgehalten werden und niemand weiß, ob es gegenwärtig bereits funktionelle Wesen gibt, die diesen Kriterien entsprechen. Unter diesem Vorbehalt läßt sich sagen, daß sich das Leben eines Wikis unabdingbar auf eine Folge von sechs oder sieben Wochentagen beschränkt. Die Vergangenheit und die Zukunft, die über diesen Zeitraum hinausgehen, bleiben hinter einem undurchdringbaren Nebel versteckt. Der Wiki verfügt über keinen gedanklichen Zeitraum, der es ihm ermöglichen würde, die Vorstellung von Veränderungen wahrzunehmen. In seinen Gedanken gleicht ein Tag dem andern, und nichts existiert, was über eine Woche hinausgeht ... Welches sind die Vorteile, die jene suchen, die diesen Typ von Diener erschaffen hatten? Ein Wiki ist ein SEHR GUTER Simak. Er stellt sich weniger Fragen als ein Simak; er verbraucht weniger Nervenenergie und hat fast nie Erholung nötig. Er ist tüchtiger und glücklicher als ein Simak.*

Die Koreaner nennen diesen Zustand ›das perfekte Leben‹. Aber mehr noch als die Simaks benötigen die Wikis eine geschützte und unwandelbare Umwelt. Ihr Hang zum Widerspruch oder einfach nur zum Ungehorsam ist gleich Null. Selten kommt es vor, daß die Simaks sich auflehnen, doch ist es unvorstellbar, daß die Wikis dies tun.

Eine wichtige Anmerkung: Die Hemmbehandlung durch das Mono-Amin ›Keen‹ und alle abgeleiteten Behandlungen haben im allgemeinen keine nicht wieder rückgängig zu machenden Folgen. Der Zustand Wiki hingegen wäre endgültig. Andererseits ist es nicht möglich, auf direktem Wege vom ›normalen Menschen‹ zum Wiki zu werden. Die Zwischenstufe Simak scheint unerläßlich ...

0 Uhr 34. Gut. Aber was zum Teufel gingen die Wikis ihn an? Was denn? Vielleicht war er auf der richtigen Spur. Jedenfalls auf einer Spur, der er folgen mußte. Von japani-

scher Seite war nichts Genaues zu erfahren. Er mußte sich an die Koreaner halten.

0 Uhr 36. Algis legte eine Pause ein. Mit Traubenzucker gesüßter Kaffee und Vitamin C. Keine speziellen Aufputschmittel. Die Nacht würde lang werden.

0 Uhr 44. Er prüfte die Lage in finanzieller Hinsicht. Die lokalen Arbeitskosten würden dem Budget der Verwaltung von Bora-Aul natürlich zugerechnet werden. Sie waren übrigens sehr gering. Die Nachforschungen über das Hauptnetz würden in Rechnung gestellt werden. Man konnte sie auf ungefähr einen Gec pro Sekunde schätzen. Das war keineswegs unbedeutend. Wenn das die ganze Nacht hindurch andauerte, würde der Finanz-Kontrolldienst am nächsten Morgen sogleich informiert werden. Ein Detail, das unbedingt berücksichtigt werden mußte.

Algis dachte über die Möglichkeit nach, die Ausgaben auf sein Konto zu überweisen. Das wäre nicht so einfach, wenigstens nicht hinsichtlich der Untersuchungskosten, die in Rechnung gestellt wurden. Allerdings würde nichts ihn daran hindern, hierbei auf verschiedene Sonderdienste zurückzugreifen ... Was ihn schließlich auf die Idee brachte, solche Dienste anzumieten ...

0 Uhr 46. Angaben über Bora-Aul eingeben. Wichtiger Hinweis: tödlicher Unfall eines Aufsichtsagenten namens Togo Jeff, der wie Gella zur Mannschaft von Dixinn gehörte.

0 Uhr 48. Nichts Präziseres über die Wikis über das Hauptnetz.

Algis beschloß, mit dem Satelliten *Missing Link* Kontakt aufzunehmen und nach einem Kostenvoranschlag für den Eingriff zu fragen.

0 Uhr 56. Tariftabelle von *Missing Link* erhalten. Sofort überprüft.

1 Uhr 02. Beglaubigung des Privatkontos von Algis Adamci bei der Youssef-Bank in Abidjan.

1 Uhr 04. Vorschlag des lokalen Computers an *Missing Link,* spezielle Nachforschungen anzustellen.

1 Uhr 05. Zustimmung der Bank Nishi and Co. in Tokio an *Missing Link.*

1 Uhr 08. Zustimmung der Kommerzabteilungen von *Missing Link.*

1 Uhr 10. Erste vom lokalen Computer vorgeschlagene Synthese …

Algis biß die Zähne zusammen. Seine Neugier war sehr groß. Aber es erschien ihm wirklich noch verfrüht, dieses Dokument zur Kenntnis zu nehmen. Die Gefahr, enttäuscht zu werden, war zu groß. Und dann … konnte er seine wahren Gründe gar nicht definieren. Vielleicht waren sie überhaupt nicht logisch. Auch das würde sich erst zeigen. Er verglich die Synthese mit den Angaben. Eine zwar unorthodoxe Methode, die sich aber manchmal als sehr interessant erwies.

1 Uhr 13. Er fühlte, wie der Zuckergehalt seines Blutes sank. Vielleicht aber handelte es sich nur um einen auf den Streß zurückführenden Eindruck. Er trank ein großes Glas Wasser und schluckte vier Traubenzuckertabletten. Dann spürte er, daß er ein fast schon schmerzhaftes Bedürfnis hatte, Wasser zu lassen. Der kurze Gang zur Toilette verschaffte ihm eine Erleichterung, die ihn einige Minuten lang in einen euphorischen Zustand versetzte.

1 Uhr 24. Das *Time-Sharing* des Satelliten teilte ihm mit, daß sein Programm angenommen worden war.

1 Uhr 25. Algis begann, die neuen Informationen stichprobenartig zu überprüfen.

1 Uhr 32. Eine unbedeutende, aber doch ausgefallene Meldung aus Nordamerika. Bezug: ein Text des Hirnforschers Michael Chase.

Der von Jean-Paul Page geprägte Begriff ›Simak‹ beruht auf einem französischen Wortspiel. Der Biotechniker empfand große Bewunderung für einen amerikanischen Schriftsteller aus dem zwanzigsten Jahrhundert namens Clifford Simak. Er war vor allem von einer außerordentlichen sentimentalen Zuneigung zu gewissen Figuren des Romanciers erfüllt: Wesen jeder Art, Menschen, Tiere, Außerirdische … Besonders zu Hunden. In einem seinerzeit be-

rühmten und heute unberechtigterweise in Vergessenheit geratenen Episodenroman erzählte Simak, wie die Hunde die Menschen auf der Erde ersetzt und eine Zivilisation geschaffen hatten, die der menschlichen Zivilisation in moralischer Hinsicht weit überlegen war. Zwar wollte Jean-Paul Page den Menschen nicht verändern, um aus ihm einen gehorsamen und verdummten Sklaven zu machen, sondern um ihm die friedliche Sanftheit, die Sorglosigkeit und die Fähigkeit zum Glück der Hunde von Clifford Simak zu verschaffen ...*

1 Uhr 33. Schließlich war es vielleicht doch keine so unbedeutende Meldung.

1 Uhr 36. Kurznachricht von *Missing Link,* die besagte, daß die Nachforschungen über die Wikis begonnen hatten.

1 Uhr 45. Algis legte erneut eine Pause ein; um nachzudenken und um zu versuchen, die Gründe seiner Unzufriedenheit herauszufinden. Alles in Ordnung. Die Arbeit ging in ausgezeichnetem Tempo voran. Die Intervention des *Missing Link* – Satelliten war unverzüglich abgelaufen; gewiß würde sie noch von großem Nutzen sein. Mit dieser Hilfe würde er zweifellos noch vor dem Morgengrauen zu einer vollständigen Synthese gelangen. Aber Algis fühlte sich frustriert und hatte den Eindruck, teilweise auf der falschen Spur zu sein.

Alles läuft klar, die Maschinen leisten gute Arbeit, sagte er sich. Du bist es, Algis Adamci, der nicht richtig funktioniert. Du mußt deine Verantwortung nun endlich übernehmen! Es wurde ihm bewußt, daß sein ›Grundprinzip‹ nur ein Alibi war. Die Computer konnten nur Hypothesen aufstellen, mehr nicht. Er allein mußte entscheiden, ob seine Erfahrungen mit der Projektion in die Zeit, die er erlebt hatte, nun Wirklichkeit waren oder nicht. Ein Risiko, das er auf sich nehmen mußte. Eine Frage des Mutes ...

Wahnsinnig gerne hätte er mit ›Ja‹ geantwortet. Aber dazu hatte er nicht den Mut. Er wartete auf eine Ermutigung von seiten der Computer. Doch in dieser Hinsicht war seine

* Clifford D. Simak, *City* (Gnome Press, New York 1952)

Programmierung schlecht. Und er wagte es nicht, sie zu überprüfen. In erster Linie erhoffte er, eine genauere Information zu erhalten, die in die gewünschte Richtung weisen würde. Aber nicht alles, was geschah, konnte er verifizieren. In diesem Zusammenhang erwies sich seine Blindheit als ein schweres Handicap. Und er konnte sich nicht auf die ihm vorgeschlagenen Synthesen verlassen.

Er mußte ein neues Programm zur Informationsauswahl erstellen. Er wollte darüber nachdenken, sobald sich ihm die Gelegenheit bot. Das Glück war ihm dies schon lange schuldig, denn schon seit einiger Zeit schien es sich gegen ihn verschworen zu haben. So glaubte er wenigstens ... Kurz vor zwei Uhr kündigte *Missing Link* einen ersten Bericht über die Wikis an.

»Dauer des Sprechfunks?« fragte Algis.

»Drei Minuten und fünfundvierzig Sekunden.«

»Ich höre in voller Länge mit.«

In erster Linie wollte er die Qualität der von den Forschungsdiensten des Satelliten ausgeführten Arbeit beurteilen. Zu Beginn des Berichts gab es eine Wiederholung der allgemeinen Informationen, die Algis bereits kannte, sowie einen knappen historischen Überblick. Die Untersuchung in Korea war noch nicht abgeschlossen. Doch wie es schien, hatte die Operation ›Wiki‹, aus welchem Grund auch immer, zu einem Mißerfolg geführt.

Was hatte nicht geklappt? Die Chinesische Datenbank in Peking besaß keine Informationen zu diesem Thema. Überhaupt nichts. Das kam ihm einigermaßen verdächtig vor: Jemand mußte sie weggeschaft haben. *Missing Link* hatte die Nachforschungen fortgesetzt. Schließlich besaßen eine birmanische Agentur, *Mandalay Road Data,* und ein Forschungszentrum für Psychologie in Kalkutta, *Indian Yogi Dynamics,* verschiedene Informationen, die miteinander übereinstimmten.

Der Bericht stellte einen erneuten Vergleich mit den Simaks an. Letztere lebten in ihrem winzigen Loch; sie verließen es fast nie, ja, sie hatten nicht einmal das Verlangen, es zu verlassen; sie hatten absolut kein Interesse an der Außenwelt und vergaßen sogar, daß es sie gab. In gewissen Fällen jedoch trat ein Ersatz zum Vorschein: Die Simaks entflogen zu ihren inneren Welten, die man spöttischerweise ›Inseln im Monde‹ nannte. Glücklicherweise konnten sie sich dort nicht verlieren; sie blieben nicht einmal besonders lange dort, sondern kehrten sogleich wieder auf die Erde zurück, um ihre Pflichten als Diener und Sklaven zu erfüllen.

Die Wikis besaßen gewissermaßen ein Loch in der Zeit. Ihre geistige Verfassung war weitaus komplexer als die der Simaks. Sie hatten überhaupt kein Gefühl für Zeitdauer, und ihr Erinnerungsvermögen war sehr gering. Sie waren Gefangene der ›Woche‹, in der sie endlos lebten. Doch auch sie hatten ihre ›Inseln im Monde‹, wobei es sich um Zeitinseln handelte. Sie flüchteten aus der Zeit. Sie verloren sich außerhalb der Gegenwart; niemand konnte mit Bestimmtheit sagen, wo sie sich aufhielten. Jedenfalls *kehrten sie nicht wieder zurück*.

Der Bericht präzisierte: zwei Deutungen dieser Tatsache. Die erste war psychiatrischer Natur: Die Wikis verloren jeden Kontakt mit der Wirklichkeit; sie verfielen der Schizophrenie, und man konnte sagen, ihr Geist befinde sich ›anderswo‹ ... Es gab jedoch auch eine maximalistische Interpretation, die die Leute aus Kalkutta vertraten und nach welcher die Wikis physisch verschwanden. Sie wanderten für immer auf die Inseln im Monde aus. Und aufgrund dieser radikalen Fluchten hatte man sämtliche Informationen, die mit diesem Forschungsgebiet zusammenhingen, als *top secret* eingestuft.

Auf den folgenden Seiten des Berichts wurden verschiedene Einzelheiten dargelegt und die Feststellung getroffen, daß eine gewisse Anzahl anderer Vermutungen erfolglos waren.

2 Uhr 04. Algis gab den *Missing Link*-Bericht in den Computer ein. Er begann ein neues Programm auszuarbeiten. Seine Erfahrungen mit der Projektion in die Zeit, seine Er-

innerungen an die Zukunft, die das Hypnotikum in seinem Gedächtnis hervorgerufen hatte, waren Wirklichkeit. Nun konnte er dieser Idee endlich zustimmen. Er verwarf alle seine Zweifel. Unter Berücksichtigung dieser Hypothese würde er weiterarbeiten.

2 Uhr 23. Algis verlangte vom *Missing Link*-Satelliten neue Informationen.

2 Uhr 28. Eine weitere Frage, über die er nicht sofort nachgedacht hatte. Er war davon ausgegangen, die Fähigkeit zu besitzen, der Zeit irgendwie entkommen zu können, da auch die Wikis sie zu besitzen schienen.

Aber warum gerade er? Wieso sollte er diese Fähigkeit mit ihnen teilen? Diese Frage begann ihn zu quälen.

2 Uhr 55. Pause ... Algis war sehr müde. Er hatte sich nicht so schnell erholt, wie er es sich vorgestellt hatte. Er fragte sich, ob er wohl noch lange durchhalten würde.

3 Uhr 01. Er verwarf eine Synthese.

3 Uhr 14. Zweiter Bericht von *Missing Link.* Er hörte ihn sich in voller Länge an, allerdings mit einer gewissen Zerstreutheit. Viele Bestätigungen. Nichts absolut Neues.

Er fragte sich: Warum bin ich wie die Wikis?

Warum gerade ich?

3 Uhr 36. Eine Meldung von *Missing Link* über Bruno Ceren, den Biotechniker und Hirnforscher aus Bora-Aul. Der Mann, der für Madame Dantika die Simaks produzierte ... *Bruno Ceren hat sich nach Korea begeben. Man sagt, er interessiere sich nicht mehr für die Simaks und wolle es zu mehr bringen.*

Algis' Mund war ganz trocken, und der Kopf dröhnte ihm. Algis ließ nach dem Datum von Bruno Cerens Reise nach Korea suchen, das man ihm schnell besorgte. Februar 2044. Eine frischerwachte Leidenschaft.

Er nahm seinen Helm ab, wischte sich den Schweiß ab, der ihm über Stirn, Nacken und Hals herunterlief. Er hatte Durst, Durst ... Er ahnte, daß er die Wahrheit bald erfahren würde. Es war nicht der Mühe wert, auf die Synthese zu warten, die die Computer ihm nun bald vorschlagen würden. Eine starke Gewißheit erfüllte ihn ...

Eine schreckliche Gewißheit.

3 Uhr 38. Nach einigen Minuten des Zögerns drückte Algis den Hauptschalter nach unten. Auf alle Fälle war sein Konto bei der Youssef-Bank in Abidjan so gut wie leer. Er brauchte keine Computer mehr. Was er brauchte, war ein großes Glas Alkohol.

Das Puzzle fügte sich in seinem Kopf zusammen. Sein Plan hatte keinen Sinn mehr. Unbewegt verfolgte er die Vernichtung seiner Hoffnungen. Unbewegt? Aber wie lange noch würde er so bleiben? Erneut spürte er, wie die Angst in ihm hochstieg. Die Angst, die er durch den Kampf gebannt zu haben glaubte. Aber war der Kampf nicht schon von vornherein verloren?

Er mußte darüber hinwegsehen.

Es gab keinen Alkohol in seinem Büro. Er trank ein großes Glas Maisbier. Die Hände zitterten ihm.

An meinem Schicksal ist nichts mehr zu ändern, sagte er sich. Ich habe nur noch einen einzigen Freund, und das ist die Zeit. Ich muß alles auf sie setzen!

Einige Sekunden später sagte er den Computern Lebewohl. Lebewohl und vielen Dank, denn schließlich hatten sie ihm ermöglicht, die Wahrheit zu erfahren.

Es war nicht ihre Schuld, daß diese Wahrheit ihm derart erschreckend vorkam.

ZWEITER TEIL

ERSTES KAPITEL

Algis erwachte. Ihm war, als würde ihm das Fieber in langsam schleichenden Flammen über den Körper fegen. Schwache, seltsame Schmerzen glitten ihm wie ein Heuschreckenschwarm über die Haut.

Er versuchte, die Augen zu öffnen. Kein Licht traf die Netzhaut. Völlige Dunkelheit. War die Operation gelungen? Welche Operation? Ach, er erinnerte sich: Entschleierung der Netzhaut. Deswegen war er im Krankenhaus ... Welches Krankenhaus? Diese Einzelheit war ihm entfallen. Er erinnerte sich auch nicht mehr an den Unfall, deswegen man ihn hierher gebracht hatte. War es überhaupt ein Unfall gewesen?

Er wollte die Hände auf das Gesicht legen; er war nicht einmal zu der geringsten Bewegung imstande. Er fragte sich, ob er wohl gelähmt sei, oder ob man ihm die Glieder amputiert habe. Er hatte nicht das geringste Gefühl in den Armen und Händen. Auch die Beine und Füße waren wie abgestorben ... Nur der Oberkörper schien noch zu leben.

Plötzlich glaubte er, an eine Überlebensmaschine angeschlossen zu sein. Er wußte, daß er in dem Fall solche Gefühle verspürt hätte. Er versuchte, den Mund zu öffnen, die Kiefer zu lösen, die Zunge zu bewegen. Vergeblich. Ich werde künstlich am Leben gehalten, sagte er sich. Aber er war sich dessen nicht ganz sicher. Verletzt? Ich bin schwer verletzt worden, das ist es! Aber ich bin außer Lebensgefahr ...

Er erinnerte sich an einen schrecklichen Orkan. »Ein Bisonsturm«, hatte jemand gesagt. Und später hatten die Männer des Sicherheitsdienstes ihn fortgetragen. War er nicht damals schon blind gewesen? Oder handelte es sich um einen Alptraum?

Er glaubte, aufgewacht zu sein, nicht vollständig, mehrere

Male. Und jedes Mal waren seine Muskeln wie gelähmt, seine Nerven wie abgestorben und trüb sein Gedächtnis. Vielleicht ist es ein Alptraum, der andauert, nicht enden will ... Doch bald würde er tatsächlich aufwachen. Er würde wieder sehen können, dem Leben wiederbegegnen, der üppig wuchernden Umgebung von ... von ... Unmöglich, sich an den Namen des Mikroklimas zu erinnern, in dem er lebte. Aber verschwommene Bilder gingen ihm durch den Kopf: ein Appartement im Hotel Kaloum in Revention, eine Villa in Rose ... Rose ... Und Gella? Wer war Gella; Wer war Ann-Li? Er hatte es vergessen.

Er wartete. Er lauschte. Stille ...

Gestört wurde die Stille nur von dumpfen Geräuschen in seinem Kopf, in ihm selbst. Wenn er seine Aufmerksamkeit auf diese inneren Geräusche richtete, so verwandelte sich das fiebrige Gemurmel in ein Grollen, ein Pfeifen, ein Schreien, in einen Trommelwirbel, einen Gongschlag, und ganz betäubt tauchte er wieder daraus auf. Er versuchte den Erinnerungen aufzulauern, die sich wie große bittere Öltropfen in seinem Kopf auflösten.

Alles war in Ordnung. Bald würde er aufwachen. Aber um aufwachen zu können, mußte er erst einmal richtigen Schlaf finden. Er mußte erneut einschlafen, um dann aus dem Alptraum herausfinden zu können.

Er schlief ein.

Dann wachte er auf.

Und er erinnerte sich. Nur einen Augenblick lang. Loé Dantika hatte ihn an Bruno Ceren ausgeliefert. Er hatte damit gerechnet. Sie hatte ihn ausgeliefert, weil sie ihn gern mochte, ihn vielleicht sogar liebte und das die einzige Möglichkeit war, ihm das Leben zu retten. Entweder die Verwandlung oder der kalte Kanal in den Gärten von Revention! Und schließlich suchte der Biotechniker von Bora-Aul nach interessanten Subjekten, um sie in Wikis zu verwandeln. Seine Forschungsarbeiten wurden von den panafrikanischen Autoritäten sehr geschätzt. Diese Vereinbarung wäre ihnen willkommen. Und Algis bekäme sein Augenlicht wieder: Die Kosten der Operation gingen zu Lasten des Budgets des Wiki-Programms. Zuerst würde Algis ein Simak und später ein Wiki werden. Gleichzeitig konnte Madame Dantika bei dieser Gelegenheit ihr Gewissen beruhigen: Sie lieferte dem Programm ein erstklassiges Versuchskaninchen; aber sie rettete ihm das Leben und gab ihm sein Augenlicht zurück ... Und Algis fragte sich nun, ob er sich dafür bei ihr auf Knien bedanken oder sie eigenhändig umbringen sollte.

Das Vergessen trug ihn mit sich fort.

Er kämpfte gegen ein gewaltiges Flammentier, das auf ihm lag und ihn zwischen seinen geröteten Klauen fast erstickte. Er war sicher, daß das Tier ihm während des Schlafs in das Gehirn eindringen und Besitz davon ergreifen würde.

Lange Zeit widersetzte er sich, dann schlief er ein.

Er erwachte. Noch immer war es vollkommen dunkel und still. Er hob die Lider, versuchte zu schauen. Er versuchte, seinen Körper zu bewegen, seine Hände. Erneut glaubte er zu spüren, wie die Nervenstränge durch sämtliche Glieder flossen. Er konnte wieder fühlen. Vor den Augen bewegte sich ein Schatten.

Er hörte eine Stimme, die sagte: »Sieh an, mein Lieber, du wirst ein guter kleiner Simak sein! Und anschließend wirst du ein netter Wiki sein!«

Was ist ein Simak?

Was ist ein Wiki?

Er schlief ein, ohne eine Antwort auf diese Fragen gefunden zu haben.

ZWEITES KAPITEL

Algis nahm die Armbanduhr, die an seinem Gürtel befestigt war, führte sie sich ans Gesicht und schaute sie sich genau an. Jetzt hatte er gewisse Schwierigkeiten, die Zeit abzulesen, aber das wunderte ihn nicht. Nichts, was ihn besonders gewundert hätte. Die Dinge sind, wie sie sind.

20 Uhr 45. Er rechnete: viertel vor neun. Die Diensttabelle des A2-Personals dieses Bezirks mußte auf den neuesten Stand gebracht werden. Gewöhnlich kam der Inspektor zwischen acht und halb neun vorbei. Normalerweise nahm man erst am nächsten Tag Kenntnis von dieser Tabelle. Doch Algis war besorgt: Er hätte gerne gewußt, ob er Gefahr lief, in die Klasse der Untüchtigen strafversetzt zu werden.

Die Tafel war unter einem Vordach der Unterkunft des Bezirksvorstandes angebracht. Und diese Unterkunft lag etwa zweihundert Meter vom Park entfernt, in der Cordoba-Avenue.

Die Avenue war sehr gut beleuchtet. Algis liebte es, bei Einbruch der Dunkelheit über diese Straße zu spazieren. Er erkannte die Leuchttafel vor dem Führerhaus. Er näherte sich ihr und sah sofort, daß die Tabelle auf dem neuesten Stand war. Er suchte nach seinem Namen. Adamci ... Kein Problem: Er stand an erster Stelle. Darauf war er irgendwie stolz. Aber leider Gottes nahm er in puncto Eifer noch immer einen der letzten Plätze ein. Er seufzte. Ein Pluspunkt für diesen Tag, was sein Gesamtkonto auf vier Pluspunkte für diese Woche erhöhte. Nur vier Pluspunkte. Das Minimum. Ein Punkt weniger, und er würde in aller Öffentlichkeit getadelt werden. Im Wiederholungsfall drohte körperliche Züchtigung. Und wenn seine Leistung sich nicht verbesserte, so würde er nicht nur seinen Vorsprung auf der Tabelle und seine Hütte verlieren, sondern auch noch in die

Gruppe der Untüchtigen versetzt werden. Dann müßte er im Schlafsaal dieser Gruppe die Nacht verbringen …

Eine Aussicht, die ihn nicht allzusehr erschreckte. Weder die Peitsche noch der Schlafsaal schienen sein Glück ernsthaft zu gefährden. Aber er war enttäuscht und schämte sich ein wenig. Warum, so fragte er sich aufrichtig, bin ich denn nicht fleißiger?

Er studierte den Arbeitsplan des nächsten Tages, der neben der Tafel angeschlagen war. Er sah, daß man ihn von acht bis vierzehn Uhr in die Weinberge von Chang beordert hatte. Die Öltraubenernte hatte begonnen. Eine harte Arbeit, bei der es nichts zu mogeln gab. Und abends müßte er sich wie gewohnt um den Farnpark kümmern. Allerdings war die Öltraubenernte eine gutbezahlte Arbeit. Man konnte vier Pluspunkte pro Tag erreichen.

Ach, er würde es doch nie zu vier Pluspunkten bringen, das wußte er. Selbst dann nicht, wenn er eine Überstunde einlegen würde. Er müßte schon zwei Überstunden absolvieren; doch das war wegen seinen Verpflichtungen im Park nicht möglich. Er überlegte, doch keine Lösung fiel ihm ein.

Er beschloß, sein Bestes zu geben. Ein oder zwei Punkte würde er bestimmt zusammenbringen, was ihn für diese Woche außer Gefahr brächte. Auf seine Weise gab er ohnehin stets sein Bestes. Nur gehörte der Fleiß nun einmal nicht zu seinen hervorstechenden Eigenschaften.

Er könnte sein Resultat auch noch verbessern, wenn er zusätzlich am siebten Tag arbeiten würde. Ja, bereitwillig würde er auf seinen halben Ruhetag verzichten, um auf der Tafel eine bessere Position einnehmen zu können. Dieser Gedanke machte ihn glücklich. Guter Simak! dachte er.

Schon sah er sich mit zehn Pluspunkten an der Tafel stehen und hatte Lust zu tanzen. Aber so weit war es noch nicht. Seine Begeisterung hielt nie sehr lange an. Und dessen war er sich bewußt.

Wie automatisch streichelte er die Plastikmarke in der Tasche seiner Weste. Eine Marke im Wert von zwei Punkten, für den Ernstfall. Die einzige, die er besaß. Er hatte sich vorgenommen, sie gut aufzuheben, um sich notfalls zurückkaufen zu können. Aber morgen würde er wie ein Wahnsinniger arbeiten und diese Woche dann nicht mehr in Gefahr geraten. Aller Wahrscheinlichkeit nach würde er sich sogar eine weitere Marke verdienen.

Er hatte große Lust, die Marke in seiner Tasche sofort einzuwechseln. Er hatte gehört, der frühe Abend sei ein günstiger Augenblick zum Wechsel. Erneut schaute er auf seine Uhr; erst nach mehr als einer halben Stunde würde die allgemeine Ausgangssperre in Kraft treten.

Er zögerte.

Er ging in den Park der unsichtbaren Schildkröten zurück. Laut kreischten die Affen auf den Bäumen. Als er näher kam, flohen sie in die obersten Äste. Er dachte: Zu dieser Stunde beginnt die Nachtjagd ... Aber an diesem Abend würde keine Jagd stattfinden. Zumindest im Prinzip nicht. Denn der Wächter, der Algis' Vorgesetzter war, pflegte ihn stets über die Jagden zu informieren. Aber diese Regel ließ schließlich auch Ausnahmen zu. Manchmal beschlossen die Leute aus Revention, verschiedene bedeutende Bewohner des Mikroklimas und die panafrikanischen Führer erst im allerletzten Moment, doch lieber einige Schüsse abzufeuern, mit Vorliebe im Nordwesten.

Algis zuckte mit den Schultern. Das alles war ihm völlig gleichgültig. Er war ein wenig müde. Er mußte lachen. Auch seinem Körper schien es an Eifer zu fehlen. Vielleicht müßte er mit dem Hygieniker darüber sprechen. Ein Simak ist nie krank. Ein guter Simak *darf nicht* krank werden.

Die riesigen blaßgrünen Farnbäume umgaben das Revier der Schildkröten. Noch liefen einige Tiere umher, auf Nahrungssuche. Man gewöhnte sie daran, die mit M.13 gespritzten Pflanzen zu fressen, um sie in die Jagdreviere zu locken. Das Schimmern der Gewürznelkenbäume – leuchtender Pflanzen, die in Trauben an sich windenden Stengel hingen – spiegelte sich in den Glaspanzern der Schildkröten. So waren die Tiere nachts deutlicher zu erkennen als am Tag. Nachmittags, in der prallen Sonne, stellten sie ein äußerst schwer zu jagendes Wild dar. Fast wie Chamäleone. Aus diesem Grund zählte die Schildkrötenjagd bei den Führern und Bewohnern als geschätzter Sport. Auch Madame Dantika betrieb ihn regelmäßig.

Algis zählte die Schildkröten, die draußen waren: acht Stück, davon ein Junges. Schwieriger war es, sich davon zu überzeugen, daß alle anderen in den Schutz des Tunnels zurückgekehrt waren. Wenn du tatsächlich ein fleißiger A2 wärst, sagte sich Algis, dann hättest du die Tiere schon vor einer Stunde gezählt. Er sah deren vierzehn, darunter zwei Junge ... nein, vier ... Vierzehn plus acht ... Das Zusammenzählen bereitete ihm schon gewisse Mühe. Sein Simak-Hirn arbeitete in Zeitlupe. Man behauptete, das sei die Voraussetzung zum Glücklichsein. Alles Langsame ist gut ...

Zweiundzwanzig, darunter fünf Junge. Er überlegte immer noch. Eine große Schildkröte fehlte beim Appell. Aber nein: Er mußte sich geirrt haben. Kein einziger Räuber bedrohte die Tiere. Wieso hätte er eines übersehen sollen? Es hatte keine Jagd, keinen Ausgang, keine Besuche gegeben ...

Ich muß mich geirrt haben, sagte er sich. Schon wollte er sich entfernen, ging einige Schritte und hielt inne. Er glaubte, einen Fehler begangen zu haben. Er hätte ein zweites Mal nachsehen müssen, ob auch wirklich alle Schildkröten in den Tunnels waren. Nachzählen ... Aber später könnte er ja noch einmal herkommen. Er zögerte und machte sich schließlich doch auf den Weg, indem er sich aus dem Park entfernte. Warum gegen seine eigene Natur handeln? So bin ich nun einmal, gestand er mit gewisser Zufriedenheit. Nein, er liebte seine Arbeit nicht über alles; den ehrlichen Eifer eines Simaks kannte er nicht. Er war kein guter Simak!

Diese Gegend von Bora-Aul, in der Nähe der nordwestlichen Grenze, war nachts meist ziemlich schlecht beleuchtet. Die Leyman-Schicht hielt die Strahlen des eben aufgegangenen Mondes zurück. Algis verließ seinen Arbeitsbezirk und schlug eine Abkürzung durch den Farnwald ein. Er ging auf seine Hütte zu, die auf der Linie zwischen dem Park und dem Wohnviertel lag.

Er fragte sich: Ist es erlaubt, eine Abkürzung durch den Farnwald einzuschlagen, bloß um nach Hause zu gehen? Daß er mit seinen Kräften derart sparsam umging, verriet einen gewissen Mangel an Eifer. Algis ging trotzdem weiter. Die meisten Baumfarne waren mindestens doppelt so groß wie er; aber sie waren zerbrechlich, und er mußte aufpassen, um sich nicht an den Stämmen zu stoßen und die unteren Blätter abzureißen.

Übrigens hatte er einen von den Jägern ausgetretenen Pfad gewählt, auf dem er nicht Gefahr lief, allzuviel Schaden anzurichten. Er spürte einige Schnittwunden an den nackten Beinen. Mit Freude atmete er den bitteren Duft der Pflanzen und den etwas fettigen Duft des vom abendlichen Mikroregens feuchten Boden ein. Unter den hohen Farnbäumen war es beinahe stockfinster. Aber zwischen den Stengeln und den untersten Blättern hindurch konnte man die vielfarbigen Lichter der Ousman-Bar erkennen.

Algis vernahm keinen einzigen Laut. Sogar die Affen verhielten sich still. Man könnte meinen, sie würden mich nicht wiedererkennen, dachte er leicht verärgert. Dabei war er schon seit ... seit geraumer Zeit in diesem Bezirk beschäftigt. Er rechnete nach: seit mehr als zehn Wochen. Er versuchte, sich an die Zahl aller Pluspunkte zu erinnern, die er seit seiner Ankunft erreicht hatte. Doch bald gab er es auf. Das Resultat erschien ihm wenig rühmenswert. Einen Augenblick lang sah er klarer, und er fragte sich, ob er nicht schon von Geburt an ein Untüchtiger gewesen sei. Er rieb sich die Stirn. Ich, ein Untüchtiger, während ...

Nein, klüger war es, sich nicht an die Vergangenheit erinnern zu wollen. Ein guter Simak hat keine Vergangenheit. Vielleicht existiert die Vergangenheit nur im Kopf desjenigen, der glaubt, sich erinnern zu können ... Und die Zukunft?

Diese Gedanken verwirrten ihn. Woher kamen sie? Irgendwie fühlte er sich unwohl und schuldig.

Er zog die Marke aus seiner Westentasche und steckte sie in die seiner Shorts. Seine einzige Marke ... Die Versuchung war groß, sie nun sofort einzutauschen. Er war sich des Risikos bewußt. Selbst das Wort wies bereits darauf hin: *Risikomarke* ... Einen Augenblick lang widerstand Algis der Versuchung. Dann bemerkte er, daß die Abkürzung durch den Farnwald ihn viel zu weit nach rechts geführt hatte. Der Ousman-Bar war er nun viel näher als seiner Hütte.

Die Bar baute sich beinahe direkt vor ihm auf: eine hohe Holzbaracke mit einer grell gestrichenen Fassade und aufgemalten Jagd- oder Westernszenen. Eine Lichtkugel hing zehn Meter hoch über der Straße. Und zahlreiche Neonröhren erhellten die Bar und die Tankstelle, die gleich daneben lag. Eine Idee schoß ihm durch den Kopf. Leo Gova, der Mann, der sich vor seiner Ankunft um den Park gekümmert hatte, gab ihm damals den Rat, sich Treibstoff zu kaufen. Irgendeinen: Gas, Alkohol, Benzin, Wasserstoff ... »Es gibt zahllose Stellen, wo man die Flaschen oder Behälter verstecken kann. Eine gute Kapitalanlage, glaub mir!« Leo mußte recht gehabt haben. Er war zu Geld gekommen und hatte den Park verlassen, um im Zentrum des Mikroklimas eine Drogerie zu eröffnen. Er wußte also, wovon er sprach. Die Vorstellung an die vielen Verstecke, die er im Park finden könnte, brachte Algis in Erregung. Warum nicht sogleich mit der Aktion starten? In ein oder zwei, in drei Monaten würde er vielleicht schon reich sein ... Er ging auf die Tankstelle zu, doch da fiel ihm ein, daß er keinen Gec mehr besaß.

Dummkopf! Du brauchst doch nur deine Marke einzulösen ... Um zum Wechselautomaten zu gelangen, mußte er an der Bar passieren. Aus Neugier näherte er sich dem Gebäude.

Im Nordwesten, wenigstens in einem Umkreis von zwei Kilometern, gab es keinen glanzvolleren und beliebteren Ort als diesen. Er fühlte sich angezogen; aber eine große Schüchternheit hielt ihn zurück. Eine Gestalt trat aus dem Schatten der Säulen und kam auf ihn zu. Einen Augenblick lang hatte er Angst. Doch dann erkannte er ein ihm vertrautes Gesicht: Eddy Perez. Dichtes braunes Haar, wuchtiger Kopf, kräftige Nase und zwei kleine, runde, bewegliche, forschende Augen. Ein Körper wie ein Stier.

»Es ist Al! Mein Gott, Al!« schrie Eddy.

»Gutes Klima, Eddy«, sagte Algis.

Eddy Perez gehörte zur Führungsgruppe C. Hierarchisch besehen, war er kaum höher gestellt als das A2-Personal. Er war ein Genießer, ein einfacher und warmherziger Kerl, stets bereit, mit seinen Untergebenen anzustoßen, ob Simak oder nicht. Seine Feinde behaupteten, er verbringe mehr Zeit in der Bar als auf den Maisfeldern, um die er sich zu kümmern hatte.

»Als ob es in der Hauptregierung nicht schon genügend Tölpel gäbe, die Mais anbauen«, sagte er in fröhlichem Ton. Er, er verachtete niemanden, bis auf die Tölpel aus der Hauptregierung natürlich. Aber wer verachtete die nicht? Es kam sogar vor, daß Eddy Perez Untüchtige und Deklassierte an seinen Tisch lud.

Algis gab ihm mit einer Geste zu verstehen, daß seine Taschen leer waren. Eddy zeigte ein breites Lächeln, und Algis fühlte sich zutiefst schuldig. Allerdings besitze ich noch eine Risikomarke, erinnerte er sich. Das muß ich Eddy sagen. Ich muß ihm sagen, daß ich meine Marke aufs Spiel setzen will, und daß ich, wenn ich einige Münzen gewinne, zurückkommen und ihn auf einen Krug Bier einladen werde ... Andererseits hatte er beschlossen, Treibstoff zu kaufen, um sein Geld anzulegen – vorausgesetzt, der Wechselautomat spuckte ihm welches aus. Und auch deswegen fühlte er sich schuldig. Er stand zehn Schritte vom Bar-Eingang entfernt, trat wie ein Idiot von einem Bein auf das andere.

»Du, du bist ein richtiger Smak!«

Algis wurde rot vor Freude über dieses Kompliment. Er lachte nun ebenfalls, um über seine Verlegenheit hinwegzutäuschen. Er vertraute Eddy. Alles, was dieser mächtige Mann sagte, war gut und richtig.

»Ich bin gleich wieder da, Ed«, sagte er.

Und er lief zum Wechselautomaten, der sich, einem Totem mit Pferdekopf gleich, mitten auf einer beleuchteten Straßenkreuzung erhob.

Ihm gegenüber führten zwei Straßen auseinander, die durch den Farnwald und das Jagdrevier und nach Westen, auf die Grenze zu, verlief. Und linkerhand die Kiefernallee, die Hauptverkehrsstraße dieses Bezirks, die ins Zentrum des Mikroklimas führte.

Ein orangefarbenes Schild wies darauf hin, daß diese Straße den Bestimmungen der speziellen Ausgangssperre von acht Uhr dreißig unterlag. Nachts benötigte man einen Passierschein, um sie benutzen zu dürfen. Algis lachte spöttisch. Er hatte in dieser Richtung nichts zu suchen.

Eines Tages vielleicht würde er nach Nôô oder nach Piuwak fahren und die benachbarten Gebiete des Mikroklimas besichtigen. Ausflüge im Auto- oder im Aerobus würde man organisieren für die tüchtigen Arbeiter – zu denen er leider nicht zählte. Aber er hatte sowieso keine große Lust zu verreisen. Er war sehr glücklich in seinem Viertel ... Mit zärtlichem Blick betrachtete er die ihn umgebende Landschaft. Dann hatte er plötzlich ein merkwürdiges und beunruhigendes Gefühl. Ebenso eine komische Idee: Vielleicht wirst du dieses Land nie wiedersehen, Algis Adamci! Vielleicht bist du heute zum letzten Mal hier! Wie außer Atem versuchte er, tief durchzuatmen. Aber warum? Warum nur? dachte er völlig verzweifelt. Er versuchte, diese Gedanken und die Angst, die sie begleitete, zu verscheuchen.

Er näherte sich dem Totem, den Blick starr auf den Pferdekopf gerichtet. In der Nähe des Apparates sah er niemanden. Doch auf der anderen Seite der Allee glaubte er eine an die Bambushecke gelehnte Gestalt zu erkennen. Der Schatten bewegte sich und verschwand. Du träumst, Simak! dachte er. Wieder mußte er sich anstrengen, um nicht laut aufzulachen. Simak ... Das Wort gefiel ihm. Ich bin ein guter Simak! wiederholte er, einfach nur zum Spaß.

Manchmal hatte er den Eindruck, beobachtet zu werden. Aber das war idiotisch. Warum wohl würde man ihm nachspionieren? Er war nur ein Simak. Er war ohne Bedeutung ... Er blieb stehen, um nachzudenken. Und falls ein Jagdaufseher oder ein Polizist den Wechselapparat überwachte? Im Süden hatten vor kurzem Diebe einen Apparat aufgebrochen und die Münzen geraubt, die er enthielt.

Er überlegte, wie man seine Unschuld beweisen könne, wenn man zu Unrecht beschuldigt wird und alle Anzeichen gegen einen sprechen. Ein wirklich fleißiger Arbeiter braucht sich weder vor Jagdaufsehern noch vor Polizisten zu fürchten. Aber er, Algis, war kein eifriger Arbeiter ... Er trat an den Apparat heran, indem er wie bittend die leeren Hände hob.

Eine grüne Kontrollampe zeigte an, daß er in Betrieb war. Algis stand der Schweiß auf der Stirn. Der Totem begann, um ihn herumzutanzen. Zuerst glaubte Algis, das sei tatsächlich der Fall. Dann kämpfte er gegen das Schwindelgefühl an. Und wenn du nächste Woche unter die vorgeschriebene Fleißnorm fällst, dann hast du vielleicht keine einzige Marke mehr, um dich zurückzukaufen!

Soll das Morgen bringen, was es bringt! So lautete ein Simak-Spruch. Er konnte einer derart heftigen und derart nahen Versuchung nicht widerstehen.

Nun berührte sein nasses Gesicht die metallene Vorderseite des Apparates, von der zwei runde grüne Augen ihn wie mit leeren Blicken anzustarren schienen.

Er hob die rechte Hand und klemmte die Marke zwischen Daumen und Zeigefinger. Die Hand zitterte ihm, und er hatte Mühe, das kleine Kunststoffrechteck in den Schlitz zu schieben. Ein kurzes Klicken begleitete das Fallen der Marke. Im Innern des Apparats war ein Wimmeln zu hören. Farbpunkte leuchteten blitzartig in den runden Augen auf.

Und dann geschah etwas Wunderbares.

Einen Augenblick lang war es vollkommen still, doch dann folgte eine fröhliche Metallflut. Erst nach einigen Sekunden wagte Algis den Blick zu senken. Die Schale des Apparats quoll über. Sie quoll über vor lauter Münzen! Algis' Herz klopfte wie wild. Glücklicher Simak! Eine ganze

Minute lang war er vollkommen glücklich. So viele Münzen! So viele Münzen! Glücklicher Simak ...

Er nahm die Münzen in beide Hände, ohne sich die Mühe zu machen, sie zu zählen. Hauptsächlich sah er weiße und blaue: die lokale Währung. Zudem entdeckte er eine schöne panafrikanische Münze aus rotem Kupfer. Und auch eine amerikanische aus purem Gold. Er füllte seine Westen- und Hosentaschen. Sein Herz beruhigte sich ein wenig. Aber er sagte sich: Hast du das eigentlich verdient, du, der du so gar nicht fleißig bist?

Er vergaß nicht, so wie es empfohlen wurde, drei kleine Münzen auf dem Grund der Schale zurückzulassen.

Dann drehte er sich um. Er geriet in Panik. Und wenn nun doch ein Aufseher mich beobachtet hat, so denkt er vielleicht, ich hätte gemogelt! Er wird verlangen, daß ich das ganze Geld zurückgebe. Und er wird einen Jagdaufseher rufen und mich verhaften lassen! Ich könnte schwören ...

O ja, schwöre nur! Wie kann man beweisen, daß man ein ehrlicher Simak ist, wenn man auf der Diensttafel so weit unten steht?

Er tat einen Schritt zur Seite und sah sich verängstigt um, seinen Wunsch, davonzulaufen, eben noch unterdrückend. Denn davonzulaufen hieße, seine Schuld zu bekennen. Das Blut pochte ihm in den Schläfen. Schweiß tropfte ihm vom Gesicht. Um sich zu beruhigen, dachte er: Guter Simak! Guter Simak!

Schließlich entfernte er sich. Er ging geradeaus. Als er im Licht einer Laterne die hohen Spitzen der Farnbäume vor dem Himmel hin und her schaukeln sah, begriff er, daß er den falschen Weg eingeschlagen hatte und nun dummerweise in den Park zurückging. Er lachte. Ein Simak ist dumm. Aber Dummheit ist nötig, um glücklich sein zu können ...

Die Münzen verstecken? Nein, den Treibstoff muß man verstecken. Aber Algis hatte ihn doch noch gar nicht gekauft ... Aber warum eigentlich sollte er die Münzen nicht verstecken? Lange dachte er darüber nach. Bewegungslos stand er am Waldrand. Schließlich fiel ihm eine Antwort ein, was ihm ein lebhaftes Vergnügen bereitete. Die Münzen, das ist Geld, das ist keine Kapitalanlage ...

Er kehrte um und steuerte entschlossen auf die Tankstelle zu. Ohne stehenzubleiben, ging er an der Ousman-Bar vorbei. Er schämte sich ein wenig. Aber er mußte an die Zukunft denken.

Er gelangte zur Tankstelle und sah, daß sie geschlossen war. Natürlich. Es waren nur mehr einige wenige Minuten bis zur allgemeinen Sperrstunde. Er sah sich die automatische Zapfsäule für flüssigen Treibstoff genauer an. Er hätte sich selbst bedienen können, wenn er einen Behälter besessen hätte. Aber er hatte keinen. Er überlegte. Wo könnte er sich einen besorgen? Im Werkzeuglager des Parks? Ja, aber das war nicht erlaubt.

So ist das Schicksal, sagte er sich. Dieser Gedanke erschien ihm derart tiefsinnig, daß es ihm die Sprache verschlug.

Ein Gefühl großer Einsamkeit überwältigte ihn. Unwillkürlich ging er zur Bar zurück, von der er kaum dreißig Schritte entfernt war.

DRITTES KAPITEL

Warum war er so allein? Vielleicht wegen seines mangelnden Fleißes? Diese Frage wurde von einer anderen aus seinen Gedanken verdrängt. Warum befand sich der Wechselapparat in der Nähe der Bar? Aber eine solche Frage hatte sich ein Simak nicht zu stellen.

Vielleicht, so sagte er sich, liegt es auch an dem Gefühl der Einsamkeit, das man empfindet, wenn man die Taschen voller Geld hat!

Ja, mit den Taschen voller Geld fühlte er sich noch viel einsamer als zuvor... Noch fünf oder sechs Meter von der Terrasse entfernt, blieb er wie angewurzelt stehen. Wie beim ersten Mal tauchte Eddy Perez auf und winkte ihn mit einladender und freundschaftlicher Geste herbei. Eine vergnügte Gruppe tauchte hinter ihm auf. Algis erkannte Jac Atur, Sim Joko und Houssa Massado. Leute vom A2-Personal und Angehörige der unteren Führungsklasse. Im Grunde alles Leute wie er. Wirkliche Freunde. Wie sehr er wirkliche Freunde doch nötig hatte!

»Welch ein Glück, daß du zurückgekommen bist, Al!« sagte Eddy. »Wir haben vor, heute abend einen zu trinken, einen echten Wein. Einen echten Wein aus der Sahara, und nicht dieses Gesöff aus dem Mikroklima! Na? Ein Spitzenwein! Weißt du, was das ist, ein Spitzenwein? Du hast keine Ahnung, nicht wahr, Simak? Aber das macht nichts, wir mögen dich trotzdem. Kommst du mit uns? Wir laden dich ein!«

Algis fühlte sich wohl ums Herz. Schon im voraus ließ die Wärme des Weins – des echten Weins – seinen Körper erglühen. Ich bin nicht allein, dachte er, ich habe Freunde, die mich mögen!

Glücklicher Simak!

»Ich habe Geld«, sagte er mit erstickter Stimme.

Die anderen schienen ihn nicht zu hören. Er folgte der Gruppe. Sie betraten einen Raum, der genausso laut und verqualmt war wie jeder andere Raum in jeder anderen Bar. Völlig verdutzt atmete Algis den betäubenden Rauch von weißen Mais und den herben Duft des aus ›Hundehaut‹ hergestellten Alkohols ein. ›Hundehaut‹ war eine Art Pilze, die man auf Abfallhaufen züchtete.

Das Murmeln der Stimmen, die Ausrufe in verschiedenen Dialekten, das Geräusch der anstoßenden Gläser, das Klirren der Flaschen und der Bierkrüge, die man auf die hölzernen Tische knallen ließ – dieser ganze Lärm schuf eine herzliche und mitreißende Atmosphäre. Mit vor Erstaunen weit aufgerissenem Mund und halb geschlossenen Augen bewegte sich Algis durch den Raum. Er stieß sich an die Tische, rutschte über den fettigen Fußboden. Eddy hielt ihm am Kragen seiner Weste fest.

»He, komm her, Simak!«

Der dicke Mann stellte sich vor den Barkeeper und neben einige Trinker.

»Vorsicht, der Wein, der *echte* Wein, das ist ungefähr wie eine Religion. Nebenan werden wir ungestörter feiern können. O ja!«

Algis folgte seinen vier Kameraden in ein Zimmer, das kleiner und gemütlicher war. Zumindest machte es diesen Eindruck. Nur noch zwei Männer saßen da, ganz hinten im Zimmer, an einem kleinen Tisch neben einem Fenster mit fest verschlossenen metallenen Läden. Und auf der anderen Seite saß eine hübsche junge blonde Frau mit übereinandergeschlagenen Beinen auf einem Hocker, an dem Röllchen befestigt waren. Sie stieß sich mit dem Knie ab und bewegte sich auf die Männer zu.

Schräges Licht fiel auf die beiden Trinker im Hintergrund. Algis schaute zu ihnen hinüber, vor allem auf die junge Frau, deren Anwesenheit ihn verwirrte. Als sie sich beobachtet fühlten, schalteten sie die Lampe aus.

Eddy und seine Freunde lachten laut, klatschten in die Hände und klopften sich gegenseitig auf die Schultern. Die

Umgebung schien sie dabei nicht im geringsten zu stören.

Um sich seine Verwirrung nicht anmerken zu lassen, betrachtete Algis die an die Wände gemalten Bilder. Hier gab es weder Jagd- noch Rodeoszenen. Die Rinder, Pferde, Hunde, Affen und Cowboys waren Mädchen, Katzen und Blumen gewichen. Viele Mädchen, weiße, schwarze, gelbe, sonnengebräunte ... Liebliche oder gewagte Posen, lachende und aufreizend lächelnde Gesichter ... Mädchen in kurzen Fransenröcken, mit aufgeknöpften Blusen, runde und spitze Brüste zeigend, mit weit über die Knie hochgezogenen Kleidern, die eine verschwenderische Fülle von rosarotem oder braunem Fleisch in feinen Spitzen entblößten. Schöne und zarte Mädchen, die der männlichen Begierde ihre Brüste, ihren Bauch, ihre Schenkel freizügig darboten. Genug Mädchen, genug Fleisch, genug Haut, genug weibliche Körper, um die Wünsche von hundert Simaks zu erfüllen, von denen jeder fleißiger war als Algis Adamci.

Er wandte sich ab. Er drohte zu ersticken. Er konnte nur hoffen, daß seine Freunde nichts von seiner Verlegenheit bemerkt hatten. Und nun stand er der großen jungen blonden Frau gegenüber, die sich von ihrem Hocker erhoben hatte und ihn lächelnd ansah ... Ihr Lächeln kam ihm eigenartig vor, teils spöttisch, teils verlegen und wer weiß was noch. Sie schlug die Augen nieder und blies ihm den Rauch ihrer Zigarette ins Gesicht.

»Ich stelle dir Biche vor«, sagte Eddy. »Biche ist eine gute Simak-Frau. Und das ist Al, ein Freund von uns, ein guter Simak-Mann. Biche ist tatsächlich ein Schatz«, fügte er lachend hinzu.

Er tätschelte die Hüften der jungen Frau. Den breiten Hintern sanft wiegend, stieß sie ihn zurück.

»Ich heiße Gella«, sagte sie. »Früher hatte ich braunes Haar.«

»Ja, Biche, schon gut«, sagte Eddy. »So mögen wir dich noch lieber.«

Gella? Algis durchstöberte sein Gedächtnis. Dieser Name

rief eine sehr verschwommene und sehr weit zurückliegende Erinnerung in ihm hervor ... Nur einen Augenblick lang kämpfte er gegen die gewaltige Schranke des Vergessens an. Das war einmal: Es hatte keinerlei Bedeutung mehr, da es die Vergangenheit nicht gab.

Allmählich verschwand sein Unbehagen. Biche führte die fünf Männer an einen runden Tisch, in reichlicher Entfernung zu den beiden Trinkern. Schließlich erhoben sich die beiden, schauten die Neuankömmlinge neugierig an und gingen hinaus.

»Mach wieder Licht!« befahl Eddy Biche. »Helles, weißes Licht, das steigert die Moral rechtschaffener Menschen. Wir, wir haben keine Angst vor der Helligkeit des Tages. Wir sind ehrliche Arbeiter und keine Spione wie die da! Nicht wahr, ihr habt sie gesehen, diese Spitzel von Revention? Ich frage mich, was diese Typen hier in unserer guten alten Bar anzetteln wollen. Hör mal, Schatz, hast du das Gespräch dieser Halunken mitbekommen?«

»Ich habe nicht alles verstehen können«, antwortete Biche, »aber ich glaube, sie haben über uns geredet.«

»Wieso über uns?«

»Über uns, über die Simaks und die Schätzchen.«

Algis erinnerte sich: ›Schätzchen‹ nannte man jene Simak-Mädchen, die zum Vergnügen der Männer bestimmt waren.

Sie setzten sich um den Tisch, und Eddy, ›seinen Freund Al‹ neben sich, machte Platz für Schätzchen-Gella und fragte die junge Frau, welchen Wein sie ihnen empfehlen würde. Nach langer Diskussion einigten sie sich auf zunächst einmal zwei Flaschen ›In Ziz 38‹.

»Ich nehme an, ihr habt viel Geld«, sagte Gella. »Der Preis interessiert euch wohl nicht?«

Eine Lachsalve war die Antwort.

»Laß das unsere Sorge sein! Du bringst uns den Wein und trinkst mit uns. Sieh an, hier ist noch Platz frei, neben seinem Freund Al! Er ist ein guter Simak!«

Bald standen sechs Gläser und zwei Flaschen auf dem

Tisch. Die erste Flasche war schnell geleert. Biche saß neben Algis, der versuchte, sich zu erinnern. Obwohl die Stimme der Vernunft ihm zuflüsterte, daß es keine Vergangenheit gäbe, versuchte er es.

Gella lächelte ihm ziemlich traurig zu.

»Du kannst deine Beine ruhig zeigen, großes Mädchen«, sagte Eddy. »Unser Freund Al hat schon ganz andere gesehen.«

Gehorsamst zeigte das Schätzchen seine Beine. Eddy hatte aus der Tasche seiner Führerjacke ein Tabakröhrchen gezogen.

»Echter Tabak!« sagte er stolz.

»Nicht dieses Gesöff aus dem Mikroklima!« fügte Algis hinzu.

»Ja, ja! Genau. Du begreifst schnell, Simak.«

Nun zogen auch die anderen Tabakröhren oder alte Pfeifen hervor. Gella lächelte. Sie bevorzugte ihre Maiszigaretten. Sie bot Algis eine an, und er griff zu, da er es nicht wagte, sie ihr abzuschlagen. Sie gab ihm Feuer. Er erstickte fast im Rauch. Er hatte Mühe, die Zigarette zwischen den zitternden Lippen zu halten. Er mußte darauf beißen, damit sie ihm nicht aus dem Mund fiel.

Auch die Hände zitterten ihm, und Tränen stiegen ihm in die Augen. Er wiederholte im Kopf jenen wunderbaren Satz, den Eddy kurz zuvor ausgesprochen hatte: »Wir sind hier alle fleißige Arbeiter in einem guten Klima!« Rührung überkam ihn. Er weinte vor Freude.

Glücklicher Simak ...

Eddy, sein Freund Eddy, klopfte ihm freundschaftlich auf die Schulter.

»Sag mal, willst du uns nicht deinen Gewinn zeigen!«

»Doch, doch. Aber nun ist Sperrstunde, und ich werde bald nach Hause gehen müssen.«

Erneut lachten die anderen laut auf.

»Die Stunde der Ausgangssperre ist eben zu Ende gegangen; du bist jetzt bei uns und brauchst dir deswegen keine Sorgen zu machen. Es wird schon nicht so schlimm werden!«

»Wir beschützen dich!« sagte Massado.

Wieder lachten alle laut auf über diesen Scherz. Etwas beschämt nahm Algis die Münzen mit vollen Händen aus seinen Taschen. Er legte sie vor sich auf den Tisch und hob stolz den Kopf.

VIERTES KAPITEL

Als Algis erwachte, lag er ausgestreckt im feuchten Gras. Ein sehr unangenehmes Gefühl. Wie wild schlug er um sich, ganz außer Atem, so als sei er dabei zu ertrinken. Er lag mit dem Gesicht in einer schmutzigen Pfütze und war nackt.

Regentropfen fielen ihm auf die Schultern, den Rücken, die Schenkel, Verzweifelt versuchte er, seine Gedanken zu ordnen. Was habe ich getan? Wo sind meine Kleider? Es gelang ihm, sich hinzuknien. Die Hände zitterten ihm. Er fühlte sich schwach und schuldig. In einer Anwandlung von Reue flehte er seine Gebieterin an: Verzeihen Sie mir, Madame! Ich war kein guter Simak ... Er hatte Kopfschmerzen. Ein übler Nachgeschmack von Alkohol und Erbrochenem füllte seinen trockenen Mund. All seine Glieder waren steif und taten ihm weh.

Er erinnerte sich an die Bar, an Eddy, Biche ... Gella. Er hatte Wein getrunken und war krank. Krank? Ein guter Simak kann nicht krank werden ... Und seine Kleider? Nahm man den Kranken ihre Kleider weg?

Die Nacht kam ihm sehr kalt vor. Er konnte die ihn umgebende Landschaft nicht deutlich erkennen.

Mühsam erhob er sich. Er dachte an sein Geld und hätte am liebsten geweint. Hatte er sein ganzes Geld ausgegeben, oder hatte man es ihm gestohlen? Nein, man hatte es ihm unmöglich stehlen können. Im Nordwesten gab es das nicht. Und sein Freund Eddy hätte es nicht zugelassen, daß man ihn bestahl. Aber im Mikroklima hätte sich Schlimmeres ereignen können. Er rief nach Eddy: »Eddy! Eddy!«

Eddy! Keine Antwort. Das Entsetzen packte ihn. Die Stunde der Ausgangssperre hatte begonnen, und er, Algis Adamci, war draußen, allein und nackt. Was würde geschehen, wenn ein Jagdaufseher ihn schnappte? Aber, aber! sagte er sich. Ein guter Simak braucht keine Angst zu haben vor den Jagdaufsehern, die nur pflichtbewußte Diener unserer Gebieterin sind. Aber er war ja kein guter Simak mehr, falls er es überhaupt je gewesen sein sollte. Und er fürchtete sich vor den Jagdaufsehern von Bora-Aul.

Kein einziges Licht war zu sehen. Schließlich konnte er, ganz in der Nähe, große Bäume mit zusammengedrängten Ästen und dichtem Laub erkennen. Tannen vielleicht. Wohin hatte man ihn gebracht?

Er berührte zwei Baumstämme. Der eine war glatt, der andere rauher. Eine Buche, eine Tanne? Er mußte sich in einem Hochwald befinden, wo es vor allem Buchen und Tannen gab. Wo lag dieser Wald? Er konnte sich nicht erinnern, in diesem Bezirk je einen solchen gesehen zu haben ... Er erblickte Sterne. Er konnte sie nicht wiedererkennen. Die Sterne sind zu weit weg, als daß ein Simak etwas über sie wissen könnte. Zu weit weg? Nein, sie sind nicht weit weg. Es sind am Himmel befestigte Lichter. Nicht sehr weit weg ...

Er versuchte, sich zu erinnern. Er hatte den Eindruck, zu einer bestimmten Zeit, früher, fähig gewesen zu sein, die Sternbilder zu deuten, ihnen am Himmel und im All ihren Platz zuzuordnen. Er unternahm einen verzweifelten Erinnerungsversuch. Gibt es die Vergangenheit? Und wenn die Sterne nun wirklich nur am Himmel befestigte Lichter sind, was ist dann eine Konstellation?

Er fand auf derart schwierige Fragen keine Antwort. Er war nur ein Simak. Aber er betrachtete die Sterne sehr lange, und ihre Gegenwart beruhigte ihn.

Erneut dachte er an seine ach so beunruhigende Lage. Welche Erklärung sollte er den Aufsehern geben, falls sie ihn gefangennehmen würden? Was konnte man ihm vorwerfen? Verstoß gegen die Ausgangssperre? War das ein schwerwiegender Fehler? Wie beweisen, daß er kein Wilderer war? Wenn ich ein Wilderer wäre, dachte er, so hätte ich doch meine Kleider an. Dann würde ich mich nicht völlig nackt und derart weit weg von zu Hause herumtreiben! Dieses Argument schien ihm überzeugend zu sein. Aber dann würde man ihn für krank oder für verrückt, auf jeden Fall aber für einen schlechten Simak halten. Was würde dann geschehen? Was würde aus ihm werden? Die Vorstellung, einem unbekannten Schicksal ausgeliefert zu sein, machte ihm große Angst.

Im selben Augenblick erinnerte er sich an den Namen eines Sterns: Wega. War Wega ein weit entfernter Stern, irgendwo im Weltall, oder war auch er nur ein am Himmel befestigtes Licht? Und was dann? Was bedeutete das schon? Was bedeutete dieser Name? Dennoch schöpfte er neue Hoffnung.

Er mußte so schnell wie möglich von hier weg. Er stolperte, stieß an einen Baumstamm, an einen zweiten und an einen weiteren. Er blieb stehen. Er war noch nicht völlig aufgewacht. Ein großer Dorn bohrte sich ihm in den linken Fuß; der Schmerz ernüchterte ihn. Schließlich fand er einen Teil seines Gleichgewichts zurück. Aber fast gleichzeitig fiel er in einen schlammigen Wassergraben. Ein schmieriges Tier glitt ihm unter den Fingern davon. Um sich selbst Mut zu machen, sagte er: »Guter Simak! Guter Simak!«

Er richtete sich wieder auf und begann nach etwas zu suchen, das er sich, anstelle eines Kleidungsstücks, hätte umbinden können. Dichtbelaubte Lianen vielleicht? Aber er hatte nichts dabei, um sie abzuschneiden. Er versuchte, eine Liane abzureißen. Vergeblich. Dann gab er es auf.

Anschließend mußte er eine Unterkunft finden, jemanden um Hilfe bitten. Vielleicht auch könnte er ungesehen nach Hause zurückkehren. Aber er wußte nicht, wo er war. Ihm war schrecklich kalt. Er war nackt. Die Sterne konnten ihm nicht helfen. Er erinnerte sich an den Großen Bären mit jenem Stern, der nach Norden zeigt. In früheren Zeiten orientierten sich die Menschen nach ihm. Aber er war ein Simak, und ein Simak kennt die Sterne nicht.

Er begann, zwischen den eng nebeneinanderstehenden Baumstämmen hindurchzugehen. Sehr bald kam er an eine Straße. An eine schmale, aber gut gepflegte Straße mit einem glatten und harten Belag und gut gepflegten Randstreifen. Wie ein blasser Strich drang sie tief in den schwarzen Hochwald vor. Algis hob die Augen: Ein schmaler Himmelsstreifen hob sich von den Baumkronen ab, geradlinig wie die Straße.

Ich befinde mich in einem Jagdrevier, dachte er. Also stand er in Gefahr, wilden Tieren und vielleicht sogar den Aufsehern auf ihrem Rundgang zu begegnen.

Er fragte sich, ob es besser wäre, am Rand des Straßengrabens weiterzugehen, um sich verstecken zu können, oder aber in der Straßenmitte zu bleiben wie jemand, der sich vor nichts fürchtet.

Plötzlich hörte er, wie hinter ihm jemand nach ihm rief. Er drehte sich um.

»Algis Adamci!« Die Stimme schien deutlich und dennoch weit weg zu sein. Jemand, der seinen Namen wußte: ein Freund also. Nach einem Moment des Zögerns antwortete er.

»Hier bin ich! Man hat mir meine Kleider gestohlen! Bist du es, Eddy?«

Einen Augenblick lang war alles still. Dann erklang ein schriller Flötenton, eine Querflöte vielleicht. Ein Wilderer! dachte Algis. Er wußte, daß die illegalen Arbeiter aus dem Mikroklima sich auf diese Weise untereinander verständigten; nämlich indem sie sich eines geheimen Musikcodes bedienten. Er wartete. Erneut setzte die Stimme ein, in melodischem Tonfall.

»Wach auf, Algis! Die Sterne sind Wirklichkeit!«

»Ich träume also nicht!« schrie er. »Wer sind Sie?«

»Ich bin ...«

Weitere Flötentöne. Algis' Herz stockte, so fremd kam ihm diese Musik vor.

»Ich habe Ihren Namen nicht verstanden«, sagte Algis. »Wo sind Sie? Ich kann Sie nicht sehen.«

»Ich bin nicht hier. Ich komme von einer Insel im Monde!«

»Was ist das, eine Insel im Monde?«

»Erinnere dich, Algis: *die Inseln sind Wirklichkeit!*«

»Wirklichkeit? Ich begreife nicht.«

»Es gibt nichts zu begreifen. Jedenfalls im Moment nicht. Aber du mußt dich erinnern!«

»Woran muß ich mich erinnern?«

»Dich erinnern, daß ... Alles ist in den Erinnerungen.«

Genau neben Algis sprang ein Tier aus dem Gebüsch hervor, machte einen Bogen um ihn herum, um ihm auszuweichen, und überquerte hinter ihm die Straße. Das Herz des Flüchtigen klopfte wie wild in der Brust.

Der Unbekannte, der ihn laut angeredet hatte, war nun verstummt. Vielleicht war er verschwunden ... Algis rief noch zwei- oder dreimal zaghaft nach ihm. Dann entdeckte er linker Hand einen Weg, der im rechten Winkel zur Straße verlief, schmal und dunkel, aber offensichtlich benutzbar war, auf den er sogleich zulief, nachdem er sich ein letztes Mal umgedreht hatte. Vielleicht habe ich geträumt, dachte er.

Er hatte nur noch einen Gedanken: hinaus aus dem Jagdgebiet! Er stieß an eine hölzerne Schranke, die er schließlich überstieg. Er lief die Straße entlang. Die Straße? Eine weitere Straße, deren holpriger Untergrund ihm sogleich die Fußsohle aufschürfte. Aber er glaubte sich in Sicherheit und vergaß den Schmerz.

Plötzlich fiel ihm wieder ein, daß er nackt war, und er begann zu schaudern. Er ging einige hundert Meter weiter. Ein Stich in der Seite brachte ihn zum Stehen. Erneut war er völlig außer Atem. Er hob den Kopf, und durch die Leyman-Schicht, die wie eine matte Glasscheibe am Himmel lehnte, erkannte er einige winzige kleine Sterne. Existierten die Sterne tatsächlich? Waren die Inseln im Monde Wirklichkeit? »Du mußt dich erinnern!« hatte die singende Stimme gesagt. Aber woran mußte er sich erinnern? Die Sterne und die Inseln waren zu klein. Wie das Gedächtnis ...

Er ging weiter am Rande der Straße, an einem schwarzen Graben entlang, auf dessen Grund das Wasser plätscherte.

Das Gras unter seinen Füßen war vereist. Er dachte an seine Hütte und an sein Bett. Ach, nur ein einfacher Simak-Liegeplatz: eine Schaumgummimatratze auf einem Gitterbett, eine Decke, ein Schlafsack. Und ebenfalls ein Kopfkissen, in das er den Kopf drückte, um das Gesicht zu verbergen und aus der Welt zu verschwinden ... Wenn er den Kopf dann wieder vom Kissen hob, wenn er ein Auge öffnete, erkannte er das unbewegte, ihm vertraute Halbdunkel der Hütte; und sogleich fiel er erneut in die wohltuende Wärme des Bettes zurück. Dann empfand er ein Gefühl vollkommener Sicherheit. Er wußte, daß er ein Simak war, ein guter Simak. Er nahm sich fest vor, bald zu den Besten auf der Liste der Fleißigen zu gehören.

Erneut blieb er am Straßenrand stehen und achtete voller Aufmerksamkeit auf die unangenehmen Gefühle, die ihn bedrängten.

Und wenn es ein Alptraum war? Wenn alles nur ein Alptraum war? Diese Vorstellung erregte ihn. Bald würde er erwachen. Es sah aus, als wollte er das Laken fest an den Körper zerren. Zwei oder drei Sekunden lang war ihm angenehm warm, und er fühlte sich wohl. Vielleicht lag er ja in seinem Bett ...

Oder aber er befand sich auf einer Insel im Monde?

Einige Augenblicke später fand er sich nackt und halb erfroren auf einer ihm unbekannten Straße wieder. Er schüttelte den Kopf. Er hatte das entmutigende Gefühl, es mit ein wenig Geduld, mit etwas mehr Mühe schaffen zu können ...

Aufzuwachen?

Aber er fühlte sich mit seiner Kraft am Ende und außerstande, auch nur die geringste Geduld aufzubringen.

Langsam ging er weiter. Durch eine Schneise zwischen den hohen Bäumen sah er eine Wiese mit dunklen, im Gras liegenden Gestalten. Pferde wahrscheinlich. Ein Pferd stand aufrecht da. Ein schwaches Licht drang durch die Leyman-Schicht, und am Ende der Wiese konnte er ein großes Haus mit einem spitzen grauen Dach erkennen. Er erkannte den Ort nicht wieder. Er mußte sich weit vom Farnpark entfernt haben. Er empfand regelrechten Haß gegen den Raum, der ihm umgab. Er wünschte sich, auf eine ferne Insel versetzt zu werden.

Einen Moment lang schienen die großen Schatten in der Luft über ihm zu tanzen und sich zu winden. Dann glaubte er zu bluten. An mehreren Stellen seines Körpers sprudelte tiefrotes Blut aus tiefen offenen Wunden. Er versuchte, es mit beiden Händen zum Stillstand zu bringen. Schließlich wurde ihm bewußt, daß es sich um eine Sinnestäuschung handelte. Er hatte keine Wunden. Das Blut floß überhaupt nicht aus ihm heraus. Es war ein Alptraum. Die Illusion war zu Ende.

Er hoffte, das Bett würde unter ihm Wirklichkeit werden. Nein ... Er stellte sich vor, sich dem Haus, das er gesehen hatte, zu nähern und jemanden um Hilfe zu bitten. Aber er wagte es nicht. Schließlich brachte eine andere Überlegung ihn davon ab. Falls er ganz einfach nur in seinem Bett eingeschlafen war, so würden die Leute ihn bestimmt auslachen, die er um Hilfe bitten wollte!

Er setzte seinen Weg fort. Das Mikroklima war derart groß! Man sprach von fünfundzwanzigtausend Hektar. Er versuchte sich eine solche Fläche vorzustellen, aber das gelang ihm natürlich nicht.

Er war also sehr weit von zu Hause entfernt. Er fühlte sich schrecklich unglücklich. Doch ein guter Simak kann gar nicht unglücklich sein. Also bin ich ein schlechter Simak! dachte er voller Entsetzen.

Er ging weiter. Er näherte sich den Häusern nicht. Er war krank vor Kälte. Erneut begann es zu regnen, und der Alptraum, in den er vorstieß, verdichtete sich mehr und mehr.

Kein einziges Schild an der Straße.

War diese Straße eigentlich Wirklichkeit? Vielleicht war es eine Insel im Monde? Oder beides zugleich?

Er entdeckte einen von Hand gezeichneten Richtungspfeil, konnte die schon halb verwischte Aufschrift aber nicht entziffern. Die Straße mündete in eine Art Waldlichtung. Nun ist alles aus! dachte er. Und wartete darauf, daß nun auch sein Alptraum ein Ende fände. Er drehte sich im Kreise. Aus Versehen betrat er ein dichtes Gestrüpp aus spindelförmigen Nadelhölzern mit weichem Laub. Mit gesenktem Kopf durchquerte er es, und als er wieder heraustrat, sah er vor sich einen Bau. Es war ein hölzernes, kleines Haus, das im Regen schwach glänzte.

Er ging um das Haus herum, fand den Eingang und steuerte entschlossen darauf zu. Wenn alles ein Traum war, so war es nicht wichtig, ob man ihn auslachte: Beim Erwachen würde er sowieso alles vergessen. Er stieg vier oder fünf glitschige Stufen hinauf und klopfte mit der Faust an die eisenbeschlagene, schwere Tür.

Wie konnte ich das ganze gewonnene Geld nur ausgeben? Man hat mich bestohlen, man hat mich bestohlen! Es war eine Falle. Sie haben mir zu trinken gegeben, damit ich krank werde. Und dann dieses Mädchen, Gella, das Schätzchen, wer weiß, was sie mit mir angestellt hat! Später, glaube ich, haben sie mich, als ich schlief, in einen Wagen geschleppt. So weit entfernt wie nur möglich haben sie mich ausgesetzt, damit ich den Weg nicht wiederfinde und mich später nicht beklagen kann. Vielleicht befinde ich mich im äußersten Süden von Bora-Aul, sehr weit weg, sehr weit weg. Morgen werde ich nicht an meinem Arbeitsplatz sein, oder vielleicht heute schon, bald, wenn die Sonne aufgeht. Ich werde nicht an meinem Arbeitsplatz sein. Ich werde noch mehr Punkte auf der Fleißtafel verlieren!

»Lange hast du nun gesprochen!«

»Was wird mit mir geschehen, Herr?«

Er hatte sehr heftig an die Tür geklopft und dreimal an der Kette der kleinen Glocke gezogen. Wütendes Bellen war die Antwort, und nun befand er sich im Haus des Jagdaufsehers. Der Alptraum setzte sich fort. Oder aber war es die Wirklichkeit?

»Wieder so ein Trunkenbold, der sich in irgendeiner Bar hat ausnehmen lassen!« schrie der Aufseher seiner Frau zu.

Algis zitterte am ganzen Körper. Der Aufseher hatte seinen Hund Jim beruhigt. Dann hatte er Algis Handschellen angelegt.

»Du wirst hier schlafen. Und morgen werden wir zur Staatspolizei gehen. Ich hoffe, du bist damit einverstanden!«

»Ich bin einverstanden, Herr.«

Der Mann stieß Algis in ein übelriechendes, enges Zimmer mit einem vergitterten, kleinen Fenster: eine Zelle für Wilddiebe. Er gab ihm zwei Decken und befahl ihm, still zu sein, bis es hell werde. Algis schüttelte heftig den Kopf. Ja, ja, ja! Er würde *sehr* still sein. Ruhe, das war alles, was er wünschte. Er war ein guter Simak.

Aber die Verzweiflung überkam ihn. Ein guter Simak kann doch nicht in eine Zelle für Wilderer gesperrt werden! Er stöhnte vor Scham und vor Schmerz.

Der Aufseher sah ihn etwas mitleidig an.

»Versuch zu schlafen!«

Algis wickelte sich in die Decken ein, und um vergessen zu können, wiegte er sich einen Augenblick lang hin und her. Bald war ihm warm genug, um sich vorstellen zu können, in seinem Bett zu liegen. Doch die Gefängniszelle gab es tatsächlich. Er konnte es nicht gänzlich leugnen. Er versuchte, sie in seinem Kopf zu verklären. Nehmen wir an, ich wäre auf einer Insel im Monde ... In Gedanken baute er sich ein eiförmiges Nest aus dicken flaumigen Wänden und einem mit warmer Watte ausgelegten Boden. Er schuf eine Schicht aus pflanzlichem Pelz, in die er genüßlich versank. Anstelle des rauhen Reibens trat nun eine wohlige und zärtliche Berührung.

Er fühlte sich wohl. Glücklicher Simak! dachte er. Er beschäftigte sich mit dem Fenster. Es handelte sich um ein kleines Bullauge, das in eine Eierschale eingefaßt war und durch eine durchsichtige Haut geschlossen wurde. Die Polstertür dichtete die Zelle vollständig ab. Doch er beschloß, daß sie sich auf seinen Wunsch hin sofort öffnen würde, sobald er sie mit einer Hand berührte. Draußen war das Dorf, das aus lauter eierförmigen Wohnungen bestand, die seiner Wohnung ähnelten. Die Simaks lebten in diesen riesigen Eiern. Nur die Simaks ... Denn es war ein Simak-Dorf. Eine Simak-Insel.

Die Flöte begann zu spielen. Einen Augenblick lang hörte er ihr zu, dann schlief er in seinem Pelznest ein.

FÜNFTES KAPITEL

Major Lynbrook klappte das Dach des Shan-Tien auf. Die Hitze war wirklich unerträglich. Ein scharfer Fäulnisgeruch schwebte durch die verqualmte Luft.

»Als Abgeordneter des regionalen Militärdienstes«, sagte der Major, »muß ich von Zeit zu Zeit die Luft der großen weiten Welt einatmen!«

»Mag sein, daß ich Ihnen eine idiotische Frage stelle, Jack«, sagte Ann-Li. »Aber welches sind eigentlich Ihre genauen Funktionen?«

Sogleich tauchte sie die Nase in einen wohlriechenden, von einer wirkungsvollen Taschenspraydose erzeugten Mikronebel. Lachend schloß Jack Lynbrook das Dach und schaltete die Deckenlampe an.

»Ich muß auch an unsere Gesundheit denken ... Meine Funktionen? Das ist ganz einfach. Auch wenn ich nur den militärischen Dienstrang eines Majors besitze, so bin ich in Wirklichkeit doch ein Hauptaufseher. Im Auftrag der Zivilbehörden überwache ich die Soldaten. Im Auftrag des Militärdienstes überwache ich Direktor Inverkeithing, im Auftrag des Direktors überwache ich die Klimazentrale, im Auftrag der Sonderpolizei die Wissenschaftler und im Auftrag des nordamerikanischen Sicherheitsdienstes die Polizisten. Verschiedene Nebentätigkeiten will ich gar nicht erst erwähnen. Kurzum: Ich erfülle hauptsächlich Orientierungsfunktionen. Und ich genieße, wie ich offen zugeben muß, eine ziemlich große Unabhängigkeit ... Eben das bringt uns geradewegs auf unser Problem!«

Erneut öffnete er das Dach. Ann-Li schnupperte die beißende und stinkende Luft.

»Das kommt von den Ernten auf den Ländereien der Hauptregierung«, sagte der Major. »Das Leben in der Hare ist hart. Aus diesem Grund möchten alle Bauern Simaks werden und in einem Mikroklima Unterschlupf finden.«

Der Hovercar durchquerte eine mit Getreide bestellte Hochebene. Geduldig bahnten sich die Scheinwerfer der Mähmaschinen ihren Weg durch die Dunkelheit. Die Hauptstraße führte an einem Bewässerungskanal entlang ins Tal hinunter. Sie wurde immer enger und unebener. Aber der Shan-Tien eignete sich noch für viel schlechtere Straßen. Eigentlich benötigte er überhaupt keine Straßen.

Sie näherten sich einem überschwemmten Gebiet: bloß ein Schönheitsfehler bei der Klimakontrolle. Das Fahrzeug blieb einen Moment lang stecken, doch dann konnte es sich wieder mühelos befreien.

»Bist du ebenfalls Abgeordneter des regionalen Militärdienstes?« fragte Ann-Li. »Und worin besteht dieser Job?«

»Die nordamerikanische Union stellt die größte Demokratie der ganzen Welt dar. Um nicht zu sagen, die einzige! Damit unsere Armee von dieser hübschen Einrichtung profitieren kann, wählen die Offiziere und die Soldaten einen regionalen Abgeordneten. In der Dreierzone bin ich dieser Abgeordnete. Natürlich bin ich bei einer allgemeinen, geheimen Wahl gewählt worden. Und in dieser Funktion kümmere ich mich hauptsächlich um die psychologische Aktion, um die Moral und um ähnliche Dinge. Für die Rechte der Soldaten und den Respekt vor der Armee bin ich ebenfalls zuständig.«

Ann-Li nickte mit dem Kopf. Major Lynbrook war ein mächtiger Mann. Vielleicht war er sogar mächtiger als der Direktor ... Als er eine Hand auf ihre Schenkel legte, zuckte sie leicht zusammen. Sie trugen beide sehr kurze Hosen. Überdies hatte Ann-Li einen schmalen Gürtel mit einem Sacktäschchen und ein Brustband an, das ihre Brüste kaum bedeckte. Das Ganze sah schon ein wenig provozierend aus. Seit langem wußte die junge Frau, daß es besser war, Major Lynbrook zu gefallen als ihm zu mißfallen. Und zudem mußte sie zugeben, daß die Vorstellung, mit diesem mysteriösen und gefürchteten Mann zu schlafen, sie heftig erregte. Sie spreizte die Beine, um das Vordringen der kundigen, groben und zugleich zärtlichen Hand zu erleichtern, die ihr einen glücklichen Ausgang bescheren würde.

Der Major tat so, als würde er einen Augenblick lang die Kontrolle über den Wagen verlieren. Das Luftkissenfahrzeug kam von der Straße ab, neigte sich gefährlich zur Seite und drohte erneut steckenzubleiben.

»Scheißchinesischer Wagen!« sagte der Major. »Wenn man bedenkt, daß wir gezwungen sind, denen ihre Klapperkisten abzukaufen!«

Der Wagen fuhr durch angebaute Schilfrohrfelder, die zur Produktion von Papierteig und Herzbriketts bestimmt waren. Dann stieg er erneut die Hügel hoch. Die Nadelbaumanzapfer arbeiteten auch nachts.

»In der Hauptregierung sind sie alle verrückt nach Arbeit! Ein Glück, daß es noch die Mikroklimas gibt, um die guten alten Traditionen aufrechtzuerhalten!«

»Jack«, sagte Ann-Li mit ruhiger Stimme, »warum verstellst du dich?«

»Doch nur, um dir zu gefallen, Liebling!«

»Das glaube ich nicht.«

»Ich möchte dich für die Liebe in Stimmung bringen.«

»Ich weiß, daß du mit mir schlafen willst. Aber da gibt es noch etwas anderes.«

»Ich biete dir doch eine wunderschöne Spazierfahrt durch das Regierungsgebiet. Was willst du mehr?«

»Vorhin hast du ein Problem angedeutet ...«

»Ach ja. Ein nichtiges Problem ... Ann-Li, hast du dich noch nie gefragt, warum wir, die Amerikaner, keine Simaks haben und es ablehnen, welche zu bekommen?«

»Aus ... aus Respekt vor dem Menschen, nehme ich an.«

»Ja. Und weil wir die Sklaverei ein für allemal abgeschafft haben. Und weil wir ehrliche Demokraten sind, natürlich. Aber es gibt da noch eine andere Erklärung: Es lohnt sich nicht. Eine falsche ökonomische Kalkulation; es lohnt sich ganz einfach nicht. Ein Simak kostet nicht viel, aber er bringt noch weniger ein. Eines Tages wird die ganze alte

Welt nur noch eine Simak-Welt sein. Nein, es lohnt sich wirklich nicht, und auf lange Sicht ist es bestimmt sogar gefährlich. Aus diesen Gründen produzieren wir keine Simaks, sondern ermutigen die anderen dazu. Deshalb auch ist unser verdienstvoller Spezialist Michael Chase kürzlich in die Dreierzone gekommen. Er hat die Dreierzone ausgewählt, weil sie ihm wesentliche Vorteile bei seiner Arbeit bietet. Und weil ich hier bin und ihm helfen kann ...«

»Aber das ist noch nicht alles. Du weißt, daß über den Simaks noch die Wikis stehen. Die von den Japanern oder Koreanern oder von weiß Gott wem geschaffenen Wikis. Als Arbeiter sind sie noch weniger interessant als die Simaks, doch sie sind ausgezeichnete Versuchskaninchen. Ihnen haben wir es zu verdanken, daß wir, ohne wirklich danach gesucht zu haben, auf den *Zeitkern* des Gehirns gestoßen sind. Und wir haben ihn reizen können, ohne wirklich zu wissen, auf welche Weise ... Gewissermaßen handelt es sich um eine äußerst wichtige Erfahrung. Wir müssen an den Wikis arbeiten, das ist unerläßlich. Wie du jedoch weißt, ist die Simak-Phase erforderlich, um zum Wiki-Stadium zu gelangen. Zumindest beim gegenwärtigen Stand unserer Erkenntnisse: Zuerst muß man einen Simak erschaffen und ihn dann in einen Wiki verwandeln. Ich werde Michael Chase also dabei helfen, Simaks zu schaffen, die sich dazu eignen, später in Wikis verwandelt zu werden. Folglich suche ich nach geeigneten Subjekten, wobei ich mich auf gewisse von ihm gelieferte Angaben stütze.

Wir benötigen relativ junge, aber nicht zu junge Personen mit hohem intellektuellen Niveau und positiven Charaktereigenschaften. Allerdings wollen jene Individuen, die solchen Anforderungen entsprechen, gewöhnlich nicht in Simaks verwandelt werden. Ein zwar nebensächliches, aber doch schwieriges Problem ... Ich will dir nicht verschweigen, daß ich oft an deinen ehemaligen Schützling Algis Adamci gedacht habe. Er wäre genau der Richtige gewesen. Nur hätte man ihn aus Bora-Aul herausschaffen müssen. Diesen Schritt habe ich gescheut. Und nun tut es mir leid.«

Sie gerieten in den Störungsbereich eines Aerogenerators mit einer Stärke von fünfhundert Megawatt. Der Shan-Tien zeigte ein ausgezeichnetes Fahrverhalten. Die Straße war nun besser geworden und mit Richtungspfeilen gekennzeichnet. Die Kontrollen begannen an der ersten automatischen Zahlstelle. Viele Wagen versuchten, sie auf eigene Gefahr zu umgehen. Der Major hingegen hielt brav an. Anschließend fuhren die Klimapolizei, die Polizei der Hauptregierung und die sibirische Militärpolizei vor. Schließlich jene Polizei, die man im Französischen ›Pourceaux‹* nannte: der Kontrolldienst zur Überprüfung der Reinheit des Getreides. Von ihrer Tüchtigkeit hing die Versorgung der Weltbevölkerung ab, die von ständigen Mutationen bedroht war.

Ann-Li wollte an einem am Straßenrand aufgerichteten Mondschein-Stand anhalten. Es handelte sich um einen dieser fahrenden Verkaufsstände, welche die Leute von den Satelliten unterhielten, um sich ein kleines und manchmal auch großes Taschengeld zu verdienen – ohne Wissen der Steuerbehörde. Der Stand sah wie ein riesiger japanischer Lampion aus, der halb in der Luft hing.

Verschiedene Waren, angenehm entkleidete Verkäuferinnen, die Unmengen von verschiedenfarbigstem Fleisch zeigten ...

Ann-Li kaufte Schmetterlings-Überraschungskörner, eine Farbspraydose und einen Musikschal; der Major erstand ein klimatisches Computerspiel und eine kybernetische Webspinne.

Dann fuhren sie weiter.

»Weißt du, wie ich an Informationen über deinen Ex-Schützling gekommen bin?« fragte Lynbrook in gleichgültigem Ton.

»Welcher Schützling?«

»Ich sagte: Ex-Schützling. Algis Adamci natürlich. Nun,

---

* ›Pourceaux‹: Schweine; ›Bullen‹ im Deutschen – *Anm. d. Übers.*

im Juni hat Madame Dantika General Shaba empfangen, den dritten Vize-Präsidenten der panafrikanischen Union. Ich wollte unbedingt, daß jemand dabei sein sollte, um die Sache zu verfolgen. Nach dem ganzen Ärger, den wir mit deinem Adamci hatten, habe ich es vorgezogen, einen normalen Agenten einzusetzen. Das heißt: einen Agenten ohne *Brain-Contact*. Ich muß allerdings zugeben, daß dieser Mission kein voller Erfolg beschieden war. Algis Adamci hätte mit Sicherheit viel mehr Interessantes in Erfahrung bringen können. Schade nur, daß er kurz vor der Ankunft des Generals schwach wurde! Aber so ist das Leben. Trotzdem hat ein glücklicher Zufall es ihm ermöglicht, einige Informationen über seinen Vorgänger einzuziehen ... Nun also hatte Bruno Ceren, der Simakologe von Bora-Aul, dieselbe Idee wie ich. Aber er hatte das Subjekt zur Hand. Und er hat sich seiner bedient. Adamci mußte sich einer Entschleierung der Netzhaut unterziehen. Bevor man ihn in einem Simak verwandelte, gab man ihm sein Augenlicht wieder. Er bleibt demnach solange ein Simak-Bauer, oder etwas in der Art, bis er im weiteren Verlauf der Operationen in einen Wiki verwandelt werden wird. Wohlverstanden hätten sich Madame Dantika und ihre Verwaltungsbehörde nicht dafür eingesetzt, die Kosten für die Entschleierung zu übernehmen, um aus diesem Mann einen einfachen Simak zu machen ... Meinst du nicht auch, daß es sich hier um einen seltsamen Zufall handelt?«

»In der Tat«, sagte Ann-Li gespannt.

Die junge Frau bemerkte, daß sie ihre Fingernägel tief in ihre Handflächen gegraben hatte.

Plötzlich hielt das Luftkissenfahrzeug mitten auf der Straße an. Ein violettes Alarmsignal leuchtete am Armaturenbrett auf: elektronische Sperre.

»Deswegen also der geringe Verkehr!« bemerkte der Major mit äußerster Gelassenheit.

Sogleich regte Ann-Li sich furchtbar auf.

»Was ist los? Was wollen die denn? Ich habe meinen Paß nicht bei mir!«

»Du wirst ihn auch nicht benötigen. Es sind Freunde von mir.«

Aus dem Bordempfänger erklang eine neutrale Stimme: »Ihre Namen!«

»Major Lynbrook!« sagte der Major.

Einen Augenblick lang war es still. Dann:

»Zu Ihren Diensten, Sir. Sie können passieren.«

»Ich möchte mit Leutnant Irvington sprechen.«

»Zu Ihren Diensten, Sir. Ich sage dem Leutnant Bescheid.«

Ein weißer Scheinwerfer wurde auf den Shan-Tien gerichtet. Der Major sah sich seine Gefährtin mit leisem Spott an.

»Man könnte meinen, du seist ganz blaß geworden, Liebling! Ach nein, es wird nur dieses eigenartige Licht sein, oder?«

Ann-Li antwortete nicht.

»Machst du dir Sorgen um deinen ehemaligen Schützling? Hatte ich dich nicht gebeten, die Zerstörung seines *Brain-Contacts* vorzunehmen? Hast du das vergessen?«

Der Major drückte auf einen Knopf, um die Wagenfenster zu verdunkeln. Oder tat er etwa nur so als ob ... Jedenfalls setzte sich der Mechanismus nicht in Betrieb. Der Major drückte noch zwei-, dreimal, dann gab er es auf. »Scheißchinesischer Wagen!«

»Ich habe es nicht vergessen«, sagte Ann-Li mit erstickter Simme. »Ich habe es getan. Aber es ist möglich, daß ...«

Graue Silhouetten tauchten im hellen Lichtkreis des Scheinwerfers auf.

»Nein, du hast es nicht vergessen. Aber du mußt dich geirrt haben. Ich hatte dich gebeten, die schnelle Zerstörung vorzunehmen, damit Algis' Hirn verletzt werde. Auf diese Weise hätte dein Ex-Schützling dem panafrikanischen Sicherheitsdienst keinen einzigen nützlichen Hinweis geben können. Aber du hast, glaube ich, die langsame Selbstzerstörung programmiert. Und so konnte Adamci unbeschädigt davonkommen: Es hat ihn allerdings nicht viel weitergebracht, denn nun ist er ein Simak und auf dem besten

Wege, ein Wiki zu werden. Komisch, daß die Panafrikaner von ihm anscheinend nicht die Informationen erhalten haben, die sie sich wünschten.«

Ann-Li bewegte den Kopf an der Rückenlehne ihres Sitzes hin und her. Angst breitete sich im Wagen aus.

Ein pausbäckiges, von blonden Haaren umrahmtes Gesicht zeigte sich auf dem Bildschirm am Armaturenbrett.

»Sie haben nach mir verlangt, Sir?«

»Ja, Leutnant. Ich wünsche eine Durchsage zu machen bezüglich einer jungen Frau, die mich begleitete und nun verschwunden ist ...«

»Verschwunden?«

»Ja, als wir an einem Mondschein-Stand anhielten, ist sie geflüchtet. Ich habe gute Gründe anzunehmen, daß sie nicht ganz bei Sinnen war.«

»Jack!« schrie Ann-Li auf. »Was hast du vor?«

»Möchten Sie, daß ich zu Ihrem Wagen komme?«

»Nein, das ist nicht nötig.«

»Diese junge Frau ...«

»Heißt Lang Ann-Li. Ein eurasischer Typ.«

»Nein! Nein!« schrie Ann-Li.

Ein anderes an der Sperre zum Stehen gekommenes Fahrzeug hielt nun neben dem Shan-Tien. Die graugekleideten Männer dirigierten es zurück.

»Eurasischer Typ«, wiederholte der Major. »Nordamerikanische Staatsangehörige, aber sie hat ihren Paß nicht bei sich. Sie trägt Shorts und einen Büstenhalter. Sieht aus wie fünfundzwanzig, dreißig.«

»Jack!« stöhnte Ann-Li.

»Ich kann Sie nicht sehen, Sir«, sagte der Leutnant. »Ist jemand bei Ihnen?«

»Ich kann sie ebenfalls nur schlecht sehen. Der Bildschirm in diesem verdammten chinesischen Wagen ist sehr schwach ... Meine Sekretärin, Fräulein Marion Kokomo, ist bei mir. Selbstverständlich wird sie meine Aussage bestätigen. Ich muß hinzufügen, daß Miß Lang momentan unter Depressionen leidet ...«

»Ich verstehe«, sagte der Leutnant.

Plötzlich zog Ann-Li mit flinker Geste eine Nadelpistole aus dem Verbandskasten des Wagens. Sie drehte sich zur Seite und richtete die Waffe auf den Major, der keine Miene verzog.

»Was soll das denn?« fragte er in sanftem Ton.

Das Luftkissenfahrzeug hatte die Militärsperre passiert und rollte nun langsam in Richtung Süden.

»Ich bin doch nicht blöd! Ich habe sehr wohl begriffen, daß ihr eben versucht habt, mich loszuwerden!«

»Nicht im geringsten, liebe Ann-Li. Im Gegenteil. Ich brauche dich mehr denn je. Denn ich habe etwas mit dir vor. Nur habe ich gezögert, es dir zu sagen, bevor wir miteinander schlafen. Vorher? Nachher? Ich habe mich gefragt, was aufregender sein würde. Nun, ich glaube, es wäre besser, es dir *vorher* zu sagen. Ich habe dich als Subjekt für meinen Freund Chase ausgewählt, Liebling. Eine geniale Idee, *isn't it*? Aber sei unbesorgt: Ich werde auch dann noch mit dir schlafen, wenn du ein Simak oder ein Wiki bist!«

Ann-Li hob die Waffe. Ihre Hand zitterte ein wenig.

»Halten Sie hier an, Major!«

Der Major lächelte.

»Nun bist du es aber, die mich für blöd hält, Liebling. Natürlich ist diese Waffe nicht geladen. Und die Wagentür auf deiner Seite ist blockiert. Du hast keine Chance!«

SECHSTES KAPITEL

Algis hatte schlecht geschlafen. Er hatte an die Sterne und Inseln gedacht. Sind die Sterne am Himmel befestigte Lichter? Sind die Inseln eiförmige Nester, die auf den Wolken liegen?

Nun wachte er auf und erinnerte sich an die Namen der Sterne. Voller Zärtlichkeit sprach er diese fremdartigen Namen aus, die wie Sauerstoffblasen aus seiner Vergangenheit aufstiegen. Ich atme, dachte er. Ich bin noch nicht verloren ... Er staunte nicht schlecht über diesen Gedanken. Leise murmelte er: »Wega, Rigel, Sirius, Fomalhaut, Betelgeuse, Altair, Antares ...«

Der Jagdaufseher nahm ihm die Handschellen ab. Algis sah ihm voller Verblüffung dabei zu. *Er hatte die Handschellen ganz vergessen.* Er erinnerte sich nicht daran, sie als lästig empfunden zu haben. Vielleicht hatte er die Nacht tatsächlich in einer Art Riesenei verbracht, auf einer fernen Insel und nicht in dieser kargen Wildererzelle.

Die Hände zitterten ihm ein wenig, aber er hatte weniger Angst als am Vorabend. Er war nicht mehr derselbe.

Seine steif gewordenen Glieder begannen zu schmerzen. Er hatte Mühe, den Regenmantel anzuziehen, den der Aufseher ihm reichte. Zerstreut beantwortete er einige Fragen. Sein Frühstück bestand aus einer Handvoll fusseliger Trauben. Er schälte einige davon, die voll von fettigem und herbem Saft waren, und schluckte sie mühsam hinunter. Er trank ein Glas Zichoriensaft. Am liebsten hätte er sich erbrochen. Er begann zu niesen. Natürlich hatte er sich erkältet. Die Leute würden schon begreifen, daß er kein guter Simak war.

Der Aufseher legte ihm die Handschellen wieder an, und dann stiegen sie in einen kleinen Patrouillenwagen. Am Himmel schimmerte eine tiefe, ferne Helligkeit. Die bereits hochstehende Sonne war von einem grünlichen Lichtkreis umgeben, was auf die Leyman-Schicht zurückzuführen war. Nach einer feuchten und kalten Nacht schien nun ein tropisch warmer Tag anzubrechen. Es war August. Algis versuchte, sich an das genaue Datum zu erinnern, doch es fiel ihm nicht ein, was ihn sehr ängstigte. Die Simaks interessierten sich sehr für den Kalender, auch wenn für sie alle Tage immerzu gleich waren. Aber er hatte vergessen …

Der Streifenwagen fuhr ungefähr zwei Kilometer weit durch eine dicht bewaldete Gegend. Der Aufseher hielt an vor einem großen weißen Würfel mit einem Terrassendach, von dem eine hohe Antenne emporragte. Hinter dem Gebäude, in einem von elektrischem Drahtzaun umgebenen Feld, erkannte Algis zwei Baracken: den Pferdestall und das Gefängnis.

Der Jagdaufseher und sein Gefangener wurden am Eingang der Stellung von zwei Männern und einer Frau empfangen, auf deren blauen Uniformen das Abzeichen P.A.U. (Panafrikanische Union) zu lesen war: die Staatspolizei. Der Aufseher stellte sich vor: Emil Mage, Stabsführer. Einer der Polizisten ging auf ihn zu und schüttelte ihm feierlich die Hand: Stabsführer Bako.

»Ich habe diesen Kerl mitten in der Nacht in meinem Bezirk erwischt!« sagte Maga.

Algis versuchte nicht, ihn zu korrigieren. Das Wort eines Jagdaufsehers war unantastbar.

»Verstieß er gegen das Gesetz der Sperrstunde?« fragte Stabsführer Bako.

»Selbstverständlich! Aber nicht nur das!«

»Ich suchte Hilfe«, sagte Algis.

Die Polizisten schauten ihn an wie ein neugieriges Tier.

»Er war nackt«, sagte Stabsführer Maga. »Dieser Regenmantel gehört mir. Ich werde ihn wieder mitnehmen. Gib her, du!«

Erneut stand Algis völlig nackt da. Die Polizisten brachen in schallendes Gelächter aus.

»Er sieht nicht aus wie ein Wilddieb!« sagte Stabsführer Bako.

»Er sieht aus wie ein Spinner!« sagte die Frau.

»Er ist bloß ein Simak auf der Flucht«, sagte Stabsführer Maga. »Aber man kann nie wissen.«

»Falls er tatsächlich ein Simak ist, so hat er doch eine Nummer!«

»Ja, auf der Innenseite des linken Schenkels. Was beweist, daß er hier in Bora-Aul in einen Simak verwandelt worden ist.«

Algis mußte die Nummer zeigen. Ein weiteres Mädchen trat heran. Dann gingen beide Frauen um den Gefangenen herum.

»Reizt ihn nur nicht!« sagte der Jagdaufseher. »Die Simaks sind sehr sanfte, sehr gefügige Tiere, vorausgesetzt, sie sind nicht brünstig. Vorsicht also!«

»AA 3 A2 23 AE«, verlas ein Polizist, indem er sich die Nummer notierte. »Ein AE aus Bora-Aul. Noch nicht lange her ... 23 ist der Jahrescode.«

Stabsführer Bako erstattete Strafanzeige wegen Verstoßes gegen das Gesetz der Sperrstunde, Sittlichkeitsverletzung, Landstreicherei ... Bloße Formalität. Die Jagdaufseher und die Verwaltungsbehörde von Bora-Aul würden schon nach eigenem Gutdünken mit Algis verfahren.

»Du bist ein guter Simak«, sagte Stabsführer Bako lachend.

»Man hat mir mein Geld gestohlen!« sagte Algis.

Er erzählte, er habe eine Risikomarke gegen eine Handvoll Münzen eingetauscht und sei dann mit Freunden zum Trinken in die Ousman-Bar gegangen ...

»Dein Geld hast du versoffen!« sagte Stabsführer Bako spöttisch.

»Ist mit meiner Belohnung alles in Ordnung?« fragte Stabsführer Maga.

»Alles klar. Wir nehmen ihn mit.«

»Was habt ihr mit ihm vor?«

»Auf solche Fälle sind wir vorbereitet. Im Krankenhaus

von Revention gibt es eine Sonderabteilung. Dort wird man wissen, was zu tun ist.«

Unentwegt zitterte Algis in den glatten, kalten Kleidern, die man ihm gegeben hatte. Um sich zu beruhigen, zwang er sich, die Namen der Sterne vor sich hinzumurmeln: Deneb, Prokyon, Bellatrix, Regulus, Adhara ...

»Danke für eure Hilfe, meine Herren«, sagte er.

Einige Stunden nach seiner Ankunft im Krankenhaus von Revention wurde Algis in die Praxis oder das Büro eines gewissen Dr. Gazhal gebracht. Selima Gazhal war eine große Schwarze mit hellbraunen Haaren, einem feinen Gesicht und einem sehr sanften Blick. Ein weißer Assistenzarzt mit finsteren Zügen und rötlichem Teint war bei ihr. Sie nannte ihn ›Doktor Hall‹. Alle beide beobachteten Algis mit peinlicher Eindringlichkeit. Derart peinlich, daß er sehr bald die Augen schloß. Und hinter seinen niedergeschlagenen Augenlidern begannen die Sterne zu tanzen.

Einer neben dem andern gaben Delta, Ypsilon und Zeta Orion die Richtung an von Sirius, Alpha, dem Großen Hund ... Das Bild zersprang, und er sah das Sternbild des Adlers ... Altair, Alpha-Stern. Aber er suchte den Gamma-Stern mit der kleineren Konstellation. Pegasus ... Er öffnete die Augen.

»Erzählen Sie uns ein wenig von sich, Algis Adamci«, sagte Dr. Gazhal.

»Nennt man die Satelliten manchmal ›Inseln im Monde‹?« fragte Algis.

Zweifellos waren weder Dr. Gazhal noch Dr. Hall auf eine solche Frage gefaßt. Einen Augenblick lang standen sie stumm und ergriffen da.

»Nicht daß ich wüßte«, sagte schließlich die Chefärztin.

»Augenblick mal«, sagte der Assistent. »Wir werden ihm einige Fragen stellen. Wir müssen systematisch vorgehen.«

»Sie sind doch Algis Adamci?«

»Ja, das bin ich.«

»Am zehnten Mai 2044, also dieses Jahres, schlossen Sie mit Madame Dantika, der Besitzerin von Bora-Aul, einen Vertrag ab, in dem Sie sich bereiterklärten, sich einer Hemmbehandlung mit Mono-Amin K zu unterziehen ... Das heißt: ein Simak zu werden. Stimmt das?«

»Ich bin ein Simak«, antwortete Algis.

»Seit wann?«

»Seit sehr langer Zeit.«

»Sie scheinen Ihr Zeitgefühl verloren zu haben«, sagte Dr. Hall. *»Das ist normal. Ungefähr einen Monat nach der Behandlung wurden Sie Simak, und als solcher wurden Sie von der Verwaltungsbehörde von Bora-Aul eingestellt. Sie bekamen den Posten eines Farnpark-Aufsehers im Nordwesten. Und Sie waren sehr glücklich.«*

»Ich war sehr glücklich«, sagte Algis. »Gerne würde ich wieder in den Farnpark zurückkehren.«

»Warum sind die Simaks glücklich?« fragte Dr. Gazhal.

»Frau Doktor«, unterbrach der Assistenzarzt. »Ich glaube nicht, daß man ihm solche Fragen stellen darf.«

»Die Simaks sind glücklich, weil sie glauben, die Sterne seien am Himmel befestigte Lichter!« antwortete Algis.

»Wer hat dich dazu ermuntert, ein Simak zu werden?«

Dann hatte Algis plötzlich den Eindruck, diese Szene schon einmal erlebt zu haben ... Nein, er hatte sie noch nicht erlebt. Sonst hätte er sich daran erinnert. Und auch an die genaueren Umstände. Damals, im Wochenendhaus, während des Verhörs durch Leutnant Rayne ... Dann ein Klicken in seinem Hirn. Er wachte auf. Eine Sekunde lang war er er selbst, der Algis von früher, und das war ihm sehr peinlich. Er erinnerte sich an das Dunkel der Blindheit, in dem er jahrelang gelebt hatte. Die Vergangenheit, das war die Hölle. Im Vergleich dazu kam ihm sein Leben als Simak wunderbar vor. Er wollte gar nicht wieder aufwachen. Er wollte sich nur noch an die Namen der Sterne erinnern!

Nun schaute er die beiden Ärzte voller Verwunderung an. Ein weiteres Klicken in seinem Kopf.

»Sind Sie auch Simaks?« fragte er.

Dr. Gazhal lächelte.
»Nein, wir sind keine Simaks!«
»Also ist nicht jeder ein Simak?«
Diesmal brach Dr. Hall in lautes Lachen aus.
»Zum Glück nicht!«
»Wir leben noch nicht im Jahre 2220?«
»Nein, wieso? Schau auf den Kalender!«
»Das Jahr ist nirgendwo angegeben.«
»Das ist wahr, aber ... Nun, jeder weiß, daß wir das Jahr 2044 schreiben.«
»Ja, ja. Das Jahr 2044.«
»Ein historisches Datum«, sagte Dr. Hall.
»Im Jahre 2220 wird jeder ein Simak sein«, sagte Algis.
»Ach so, jeder? Es wird nur noch Simaks auf der Erde geben?«
»Ja.«
»Woher weißt du das?«
»Ich? Ich ... Ich habe geglaubt, alle wüßten das!«
Dr. Hall warf den Kopf nach hinten, mit zusammengekniffenen Nasenflügeln und aufeinandergepreßten Zähnen. Seine hellen Augen blinzelten etwas kränklich. Er schlug mit der Faust auf die Konsole.
»Dieser Kerl macht sich über uns lustig! Oder er ist verrückt!« Und zu Algis sagte er:
»Sind Sie verrückt?«
»Ist es etwa verboten, die Namen der Sterne auszusprechen?« fragte Algis.
Dr. Gazhal legte die Hände vor sich auf ihren Schreibtisch und betrachtete dann nachdenklich ihre Fingernägel.
»Ein guter Simak wird nie krank«, sagte sie. »Ein guter Simak wird nie verrückt. Ein guter Simak kostet die Gemeinschaft nicht einen Gec an Medikamenten und Pflege. Er braucht nur wenig an Nahrung, Kleidung und an Platz: Er ist sparsamer im Verbrauch als jeder Roboter. Zudem ist er glücklich, während die Roboter das Glück nicht kennen ... Den Simaks haben wir es zu verdanken, daß die Wissenschaft es den herrschenden Klassen ermöglichen konnte, ihr

tiefes Verlangen nach Sparsamkeit und ihre ehrliche Menschenliebe miteinander in Einklang zu bringen. Die Simaks sind die größte Erfindung unserer Epoche!«

»Fazit?« fragte Dr. Hall barsch.

»Kurzum: Das ist zu schön, um wahr zu sein. Von Zeit zu Zeit gibt es zwangsläufig Schwierigkeiten.«

Selima Gazhal drückte auf die Tasten einer Klaviatur.

»Verbinden Sie mich bitte mit Dr. Ceren ... Dr. Ceren, guten Tag.«

Sie lächelte in den winzig kleinen Bildschirm des Kommunikators, der rechts von ihr stand.

»Wir haben hier einen Ihrer Subjekte, Algis Adamci, den die Polizei uns übergeben hat. Ja, er scheint an gewissen Störungen zu leiden: Schizophrenie, Gedächtnisschwund oder irgend etwas dieser Art. Auf jeden Fall ist sein Zeitgefühl ziemlich ernsthaft gestört ... Was soll ich tun?«

»Ich komme«, sagte Bruno Ceren.

»Ich bin nicht krank«, sagte Algis. »Ich bin ein guter Simak. Wir leben im Jahr 2044!«

SIEBTES KAPITEL

Zwei Tage lang blieb Algis im Krankenhaus von Revention. Zwei oder drei Tage lang, vielleicht auch vier – er wußte es nicht genau. Die Zeit entzog sich ihm; oder aber er entzog sich der Zeit. Aber das war ihm völlig gleichgültig. Er war geheilt. Er hustete nicht mehr, und ihm war nicht mehr kalt. Er fühlte sich erholt, ruhig und glücklich. Er war wieder ein guter Simak geworden. Nur die Zeit ...

Geheilt? Er war doch nicht einmal krank gewesen. Ein guter Simak ist nie krank. Und er war ein guter Simak.

Zwei in Rosa und Gelb – den Lieblingsfarben von Madame Dantika – gekleidete junge Frauen ließen ihn ein großes violettes Fahrzeug besteigen. Er wurde in den äußersten Süden des Mikroklimas gebracht, in ein Dorf namens Le Paon. Er erinnerte sich: Das war gleichzeitig der Name eines Sternbildes. In Le Paon gab es ein Genesungsheim für die obere und die mittlere Führungsschicht von Bora-Aul. Man teilte ihm mit, daß das sein Ziel sei.

Er fühlte sich nicht besonders müde und wußte dennoch, daß er die Ruhe dringend benötigte. Eine lange Ruhe. Er mußte sich erholen und gleichzeitig an die Sterne, die Inseln und die Zeit denken.

Der Ort gefiel ihm. Es gab reichlich Bäume, vor allem Nadelhölzer: Pinien, Eiben, Zypressen, Thujas ... Und auch herrliche Magnolien am Ufer eines blauen Sees. Vom Fenster seines Zimmers aus konnte Algis einen Strand mit braunen Kieselsteinen und gelbem Sand sehen.

Regelmäßig überkamen ihn sonderbare Gefühle. Ihm war, als würden ihm apfelsinengroße bunte Kugeln mit fein geriffelten Schalen aus dem Körper, den Händen, dem Mund, den Augen heraustreten. Zweifellos waren das Inseln im Monde. Die leichtesten Kugeln flogen davon. Mit den Augen folgte er ihrer verrückten Flugbahn. Tanzend stiegen sie in die Atmosphäre auf und flogen zu den Sternen davon. Die schwersten Kugeln aber fielen zu Boden, und er mußte sehr vorsichtig sein, um sie nicht zu zertreten. Jede Kugel war eine Welt, eine Baby-Welt ...

Manchmal glaubte er, sich in der Mitte eines riesigen Spinnennetzes zu befinden, das mit sehr starken Fäden im Innersten des Universums befestigt war. Einige Fäden kamen ihm aus der Brust, aus den Handflächen, aus der Stirn. Er wußte nicht, ob er dieses Nest selbst gewoben hatte oder ob er in ihm gefangen war. War er die Spinne oder deren Beute?

Diese Fäden hinderten ihn daran, gewisse Bewegungen auszuführen. Und wenn er die Arme zu schnell bewegte, so fühlte er im Innern der Hände einen reißenden Schmerz. Dann schwächte sich dieses Phänomen wieder ab.

Er hatte einen Zimmergefährten, einen etwas älteren Mann namens Lebon. Lebon? Dieser Name erinnerte ihn an etwas ... Immer wieder dieses Gefühl des ›Schon-Erlebten‹.

»Wie heißt du mit Vornamen?« fragte er seinen Bettnachbarn.

»Mein Vorname? Ich weiß ihn nicht«, antwortete der Mann. »Durch die Behandlungen, denen man mich unterzogen hat, muß ich ihn vergessen haben.«

»Was haben sie mit dir getan?«

»Man spricht stets zuviel!«

Lebon behauptete, sein Vertrag sei längst abgelaufen, doch man würde ihn immer noch im Mikroklima gefangenhalten, da er zuviel wisse. Er würde Bora-Aul wahrscheinlich nie wieder verlassen können. Die schlechten Behandlungen, die er über sich ergehen lassen mußte, erwähnte er jedoch nicht mehr.

Algis erzählte ihm von den Sternen.

»Die Simaks glauben, die Sterne seien am Himmel befestigte Lichter. Und deswegen sind sie glücklich.«

Stets begab er sich in die Sanitärabteilung von Le Paon. Er mußte Augen und Zähne behandeln lassen. Die Zahnbehandlungen wurden in Vollnarkose durchgeführt. Wenn er bewußtlos war, flüchtete er auf eine Insel, von wo aus er die Sterne beobachtete.

»Die Grenzlinien der Konstellationen bestehen aus Meridianen und Breitengraden«, sagte er einmal, als er erwachte.

»Ach ja?« sagte der Zahnarzt.

Er hieß Genrek. Er sah Dr. Ceren sehr ähnlich.

»Ach ja? Die Konstellationen, die Meridiane, die Breitengrade ...«

»Kennen Sie die Konstellationen des Kutschers?« fragte Algis. »Eine Konstellation, die man ganz in der Nähe von Orion sehen kann. Ihr lateinischer Name lautet Auriga. Ihr Alpha-Stern heißt Capella. Es ist einer der zehn hellsten Sterne am ganzen Himmel.«

»Du bist ziemlich gelehrt für einen Simak«, sagte Genrek.

»Wieso?«

»Du weißt über die Konstellationen gut Bescheid!«

»Ich?«

»Nach allem, was du mir eben erzählt hast!«

»Ich habe es schon wieder vergessen.«

Algis spazierte durch die Gärten des Erholungsheims. Er begegnete anderen Simaks, die mit der Pflege und anderen Arbeiten betraut waren. Seine Versuche, mit ihnen ein Gespräch zu beginnen, riefen meist nur Mißtrauen hervor und endeten gewöhnlich ohne Erfolg.

Er entdeckte in sich eine tiefempfundene Liebe zu seinen Mitmenschen, wußte aber nicht, wie er sie zum Ausdruck bringen sollte.

Auch Lebon erzählte er von den Sternen.

»Die Konstellation des Kutschers ist eine Konstellation, die man in der Nähe von Orion sehen kann. Ihr Alpha-Stern heißt ...«

»Das ist mir egal! Das ist mir doch egal!« schrie der gute Mann.

»Bist du kein Simak?«

»Nein, nein! O nein! Gottlob bin ich kein Simak. Die Simaks sind stinkende Köter. Dieses Ungeziefer müßte man vollständig vernichten! Vor allem die Frauen!«

In seinen Augen schimmerte Haß. Traurig wandte Algis sich ab.

Von Dr. Batouk hatte er die Erlaubnis erhalten, während zwei Stunden pro Tag an den Strand zu gehen und im See zu baden, falls er Lust hatte. Algis konnte nicht schwimmen und hatte auch ein wenig Angst vor dem Wasser. Vielleicht hatte er das Schwimmen auch nur vergessen. Er ging am Strand spazieren. Manchmal hatte er das Gefühl, eine Unzahl kleiner leuchtender und am Himmel verstreuter Kugeln würden beinahe unsichtbare Überwachungsstrahlen auf ihn herunterwerfen. Die Satelliten? Die Inseln? Die Sterne?

Er befeuchtete seine Füße im See von Le Paon. Das Wasser war kühl und blau. Er zählte die Enten und die zahlreichen Wasservögel, die sich an den von buntem Schilf und Wasserorchideen bedeckten Ufern tummelten. Er fühlte sich ziemlich wohl. Vielleicht aber war er nicht so glücklich wie damals im Farnpark; doch er genoß seine Untätigkeit und das Fehlen einer Fleißtabelle in Le Paon.

Seit wann war er nun schon hier? Bestimmt schon seit mehreren Tagen. Seit einer Woche vielleicht. Bald schon seit einer Woche ...

Eines Tages erinnerte er sich an Gella. Gella, ein Simak wie er. Gewöhnlich nannte man die Simak-Mädchen ›Schätzchen‹. Jezt hatte Gella blondes Haar; früher war sie braunhaarig gewesen. Früher? Letzte Woche vielleicht.

Doch die letzte Woche lag bereits in einer fernen, dunklen Vergangenheit, in den Wäldern der Nacht der Zeit ...

An einem anderen Tage erinnerte er sich an Ann-Li. Sogar das Gesicht der jungen Frau konnte er deutlich vor sich sehen. War sie ein Simak? Er wußte es nicht. Aber er war sicher, ihr später, anderswo, in einer undefinierbaren Zeit und an einem undefinierbaren Ort wiederzubegegnen. Vielleicht auf einer Insel im Monde.

Oft kehrte er auf die Insel der riesigen Eier zurück. Fast in jeder Nacht und manchmal auch am Tage. Immer öfter kam es nun vor, daß er das schützende Nest verließ und das Dorf besichtigte, das ungefähr aus zwanzig Rieseneiern bestand, die demjenigen ähnelten, das er bewohnte. Wenigstens die Hälfte aller Nester schien unbewohnt zu sein. Einige jedoch dienten anderen Simaks als Bleibe, Versteck oder Schlupfloch.

Einmal durchquerte er das ganze Dorf und gelangte an den Rand der Insel. Sie schwebte im Raum, inmitten des schwarzen Himmels, zusammen mit einem sehr kleinen runden Mund und Abertausenden von funkelnden Sternen, die er nicht wiedererkannte.

Kurz bevor er ins Leere zu fallen drohte, wachte er auf. Nach und nach kam er wieder zu sich. Hin und wieder reiste er auch zu anderen, neuen, unbekannten Inseln. Aber dort fühlte er sich nicht in Sicherheit, und stets kehrte er erneut in das Dorf der Rieseneier zurück. Dennoch wußte er, daß er hierher zurückkehren würde, sobald er geheilt war. Viele Inseln würde er dann kennenlernen, vielleicht sogar alle.

Eines Tages teilte man ihm dann mit, daß er entlassen würde.

»Gut«, sagte er.

»Deine Zähne sind wieder gesund«, sagte Genrek.

Algis führte die Hand an den Mund: Es stimmte, seit einiger Zeit hatte er keine Schmerzen mehr.

»Auch deinen Augen geht es besser«, sagte Dr. Batouk. »Du kannst gehen.«

»Gut, Monsieur«, sagte Algis.

Er hielt einen beigefarbenen Leinenanzug und eine Tasche mit Unterwäsche zum Wechseln, verschiedene Toilettenartikeln und einem Messer. Mit einem Messer? Die Besitzer der Simaks waren es gewohnt, über gehorsame Sklaven zu verfügen, die von ihrer Psyche her zur Gewalt nicht taugten. Und auch die Aufseher von Le Paon, die sich um Algis kümmerten, waren nicht von ihren Gewohnheiten abgewichen.

Als er das Erholungsheim verschwinden sah, seinen See, die Pinien hinter dem kleinen Wonder-Hovercar, in dem er davonfuhr, verspürte er einen entsetzlichen Trennungsschmerz. Er hatte das Gefühl, seine Kindheit zu verlieren. Die Angst packte ihn. Einen Augenblick lang flüchtete er auf seine Insel.

Dann wachte er auf.

Der Wagen fuhr schnell nach Norden. Richtung Revention. Algis war allein mit dem Fahrer, einem jungen Aufseher mit kahlgeschorenem Kopf und ziemlich flüchtigen Blicken; alles in allem aber ein sympathischer junger Mann, der sichtlich darauf brannte, ein Gespräch zu beginnen. Heimlich hatte Algis das Messer aus der Tasche genommen und in seine Hosentasche geschoben. Er wußte, daß er den Aufseher mit Leichtigkeit überwältigen könnte, ob mit oder ohne Waffe. Flüchten? Eine bessere Gelegenheit würde sich ihm wahrscheinlich so bald nicht wieder bieten. Doch Nostalgie hielt ihn davon ab. Er wollte ein Simak sein, ein guter Simak.

Mit gewisser Zärtlichkeit murmelte er: »Guter Simak, guter Simak!«

»Was sagst du?« fragte der Aufseher.

»Ich sage, daß ich ein guter Simak bin.«

Der Aufseher drehte den Kopf und betrachtete seinen Reisegefährten – oder seinen Gefangenen – mit spöttischer Nachsicht.

»Ja, du bist ein guter Simak«, sagte er.

Algis spürte, wie Freudentränen ihm in die Augen stiegen. Ergriffenheit überwältigte ihn. Guter Simak! Guter Simak! Ein weiteres Mal erfuhr er dieses kindliche Glück und diese reine Freude des liebreichen Tiers, wie nur ein Simak sie erfahren kann.

Der Simak-Teil seines Hirns schickte Unterwerfungsbefehle durch den ganzen Körper. Dieser Teil seiner Natur befahl ihm, sich für seine Freunde und seine Gebieter aufzuopfern – doch er hatte keine Freunde, sondern nur Gebieter. Lachend und ohne weitere Fragen zu stellen, steuerte der Aufseher seinen Wagen. Algis wußte nicht, wie er seine Gefügigkeit und seinen Gehorsam beweisen sollte.

Der wache Teil seines Bewußtseins hörte unterdessen nicht auf, Alarm zu schlagen. Gefahr! Wiederum lauerte der Simak-Schlaf auf Algis Adamci.

Nun rannen die Tränen ihm über die Wangen. Unter vielleicht einige Glückstränen mischten sich hauptsächlich Tränen der Scham und Verzweiflung ...

Er merkte, daß ein anderer Wagen vor ihnen herfuhr; kurz darauf sah er einen, der ihnen folgte. Nein, er hatte nicht die geringste Chance zu entkommen. Er hatte nicht einmal mehr Lust, es zu versuchen. Auf alle Fälle aber mußte er wach bleiben. Er rief nach den Sternen:

»Algenib, Canopus, Wega, rettet mich!«

Und er erinnerte sich an einzelne Verse: *Algenib, geflügeltes Roß – Zur Leier ist es entflogen!*

Dann: *Aber diese stolzen Sterne – Canopus, Wega, Betelgeuse ...*

Nur eine Passage aus einem Gedicht, an dessen Fortsetzung er sich nicht erinnern konnte.

Schließlich dieser mysteriöse Satz: *Aber natürlich weiß jeder, daß die Sterne nur am Himmel befestigte Lichter sind!*

Das alles gehört zu einem Plan, der ihm nun wieder einfiel. Vor seiner Verwandlung hatte er sich einen auf die Sterne ausgerichteten Weckcode eingeprägt.

Und der Code hatte funktioniert. Algis war wach. Aber nicht allzu lange. Er fühlte es. Er begann zu ersticken. Das Wachsein war zu schmerzlich, zu schwer zu ertragen. Er würde nie wieder derjenige sein, der er einmal gewesen war. Und vielleicht war es auch besser so ... Aber er mußte sich erinnern.

Erinnere dich, Algis Adamci: Die Sterne werden dich retten, wenn du es schaffst, dich an die Fortsetzung zu erinnern ... Nein, die Fortsetzung war ihm entfallen. *Diese stolzen Sterne ... Canopus, Wega, Betelgeuse ...* Und dann? Und dann? Unmöglich, sich zu erinnern.

Plötzlich fiel Algis erneut in tiefe Apathie zurück. Er

sprach kein einziges Wort mehr mit dem Jagdaufseher. Von nun an war er tatsächlich außerstande zu fliehen. Er wünschte es nun überhaupt nicht mehr.

Dennoch hielt er den Griff seines Messers mit der rechten Hand fest umklammert.

ACHTES KAPITEL

Das Büro von Loé Dantika, der Besitzerin von Bora-Aul, befand sich in einer Ecke des riesigen Kordofa-Saals, auf dem letzten Stockwerk des Kaloum-Hotels. Der hinter einem Gemälde von Kwa N'Doula versteckte Bildschirm teilte Madame Dantika mit, daß sie während ihrer Abwesenheit einen wichtigen Anruf erhalten hatte. Die Geheimcodes gaben ihr den Namen des Anrufers bekannt: Bruno Ceren.

Bruno Ceren, der Herr der Simaks. Sie hatte nicht die geringste Lust, mit ihm zu sprechen. Sie hatte nicht die geringste Lust, über Algis Adamci zu sprechen. Aus zwei Gründen hatte sie Bruno Ceren und dem Sicherheitsdienst erlaubt, das Experiment durchzuführen: einerseits um ihrem ehemaligen Schützling, den sie immer noch liebte, das Leben zu retten; und andererseits, da sie wirklich keine Möglichkeit sah, es zu verhindern. Aber nun fühlte sie sich noch viel schuldiger, als wenn Algis Adamci tot gewesen wäre ... Ja, wäre er tot gewesen, so hätte sie ihn vergessen können. Ihre Fähigkeit zu vergessen war ganz und gar normal. Aber nun, da Algis zum Versuchskaninchen geworden war, suchte er sie in ihren Gedanken und Alpträumen heim. Sie konnte nichts tun gegen ihre Neugierde, die sie dazu trieb, die Verwandlung von Algis Adamci in einen Simak, und dann in einen Wiki zu verfolgen.

Nun gab es kein Zurück mehr. Ohne daß er davon wußte, hatte Algis Adamci die letzte Stufe der Behandlung beschritten. Er war kein gewöhnlicher Simak mehr: Er würde nie wieder ein Mensch sein.

Aber durch das Abkommen von Shanghai, das die panafrikanische Regierung unterschrieben hatte, wurde die Lage noch schwieriger. Sogar die Koreaner mußten zugeben, daß es sich bei den Wikis um wahrhaftige lebendige Bomben handelte. In Shanghai hatten alle – oder fast alle – Länder der Erde beschlossen, die Produktion von Wikis vollständig einzustellen. Die Forschungen auf diesem Gebiet wurden der ›Risikostufe 5‹ zugeordnet. Alle existierenden Wikis, die man nicht wieder zurückverwandeln konnte, sollten wie gefährliche mutierende Viren in Schutzgefäße auf Niveau 5 eingesperrt ... oder getötet werden.

Der Tod jener Subjekte, die man nicht länger benutzen wollte, war selbstverständlich von allen die billigste Methode. Und so hatte auch der panafrikanische Sicherheitsdienst über Algis Adamci entschieden. Major Boendé hatte Loé den Gefallen erwiesen, selbst über die Todesart ihres ehemaligen Schützlings zu entscheiden. Ihre Antwort hatte sie jedoch hinausgeschoben: »Ich muß erst mit klarem Kopf darüber nachdenken ...«

Und dann hatte sie erfahren, daß Bruno Ceren sich weigerte, sich der Entscheidung von Major Boendé zu unterwerfen. Er hatte Algis Adamci aus der Klinik von Le Paon entführt, und niemand wußte, wo er ihn versteckt hielt. Er erklärte sich bereit, seine Arbeit um jeden Preis fortzusetzen, ungeachtet des biologischen Risikos: fünf-, sechs- oder zehntausend! Und selbstverständlich sollte sein Hauptsubjekt am Leben bleiben.

Loé Dantika beschloß, erst einmal mit George King, ihrem Ex-Ehemann, zu sprechen. Sie schaute auf die Uhr: 17 Uhr 43. Wie spät war es auf *Prudence*? Der Computer würde es ihr mitteilen. Sowieso rief sie öfter am späten Nachmittag den Satelliten an; das schien der geeignete Zeitpunkt zu sein. George King war ihr Hauptberater geblieben, auch wenn er nordamerikanischer Staatsbürger war.

Mit dem hinter ihrem Büro installierten Speziallift fuhr sie in ihr Zimmer hinauf. In ihrer Wohnung funktionierte die Klimaanlage nur in verlangsamtem Tempo. Lauwarme Temperatur. Gerade richtig, um ein Bad zu nehmen. Sie zögerte. George oder das Bad? Sie beschloß, zunächst mit George King zu reden. Danach erst wollte sie ein Bad nehmen und – vielleicht – Bruno Ceren anrufen.

Nathalie, ihr weißes Zimmermädchen, war ganz außer Atem.

»Dummerchen, was tust du bloß bei dieser Hitze? Die Liebe? Mit wem? Ganz allein? Laß mich allein!«

Nathalie entfernte sich mit gesenktem Kopf und nach wie vor keuchend. Loé wußte sehr wohl, daß die junge Frau an Mikroklima-Asthma litt, was sie jedoch um nichts auf der Welt zugeben wollte. »Dumme Ziege!«

Die Besitzerin von Bora-Aul legte ihr Kleid ab und näherte sich der Videoleinwand mit einem müden Lächeln. Sie fragte sich, ob sie George King wohl noch immer gefallen würde, oder ob er aus Höflichkeit nur so tat als ob. Sie drückte auf eine der Tasten.

Beim zweiten Versuch kam ihr Ex-Ehemann an den Apparat. George King war in seiner Wohnung auf *Prudence,* einige tausend Kilometer von der Erde entfernt. Dieser berühmte Satellit war der Sitz mehrerer planetarischer Gesellschaften, unter anderem auch jener, an deren Spitze George King stand. In der Antarktis besaß er mehrere Kubikkilometer Eis. Da es sich beim Eis um ein kostbares und leicht zu transportierendes Nahrungsmittel handelte, war sein Wert im letzten halben Jahrhundert ständig gestiegen.

»Was gibt es Neues in Bora-Aul?«

Loé programmierte einen audiovisuellen Supercode ein. Was bedeutete, daß sämtliche Spionagesysteme auf der Erde und im Weltraum ein zwar zusammenhängendes und logisches, aber völlig nichtssagendes Gespräch mithören konnten. Und die Bewegungen der Lippen würden die Echtheit des Tonbandes nur bestätigen. Kostenpunkt: ungefähr zwanzig Gecs pro Sekunde. Viel teurer als eine Fahrkarte nach *Prudence*!

Wie gewohnt sprach George King in herzlichem Ton, aus dem Loé allerdings eine Art verächtlichen Zynismus heraushören konnte. George King war ein kräftiger, gefühlskalter Mann, der allem, was nichts mit ihn betreffenden planetarischen Angelegenheiten zu tun hatte, nicht das geringste Interesse entgegenbrachte. Bora-Aul bedeutete ihm nicht mehr als ein fünf Tonnen schwerer Asteroid.

»Ich höre, königliche Freundin«, sagte er.

»Ich möchte mit Ihnen über die Wikis und das Abkommen von Shanghai sprechen. Seine Durchführung hier in Bora-Aul stellt uns vor Probleme ...«

Ostentativ zog George King seinen Computer zu Rate. Auf *Prudence* konnte man innerhalb weniger Sekunden jede Information in Form von ausführlichen Ideogrammen erhalten, die auf dem Bildschirm erschienen und es ermöglichten, in einer Minute zwanzigtausend Wörter in englischer Übersetzung zu lesen: ein Buch von zweihundert Seiten in vier Minuten.

»Die Anwendung der Shanghaier Konvention bereitet in der Tat etliche Probleme«, gab er zu. »Schildern Sie mir das Ihre.«

Loé erläuterte ihm die augenblickliche Lage in Bora-Aul, wobei sie besonderen Wert legte auf die Weigerung Bruno Cerens, den Befehlen des Sicherheitsdienstes zu gehorchen, sowie auf ihren persönlichen Wunsch, Algis das Leben zu retten.

Während George King ihr zuhörte, las er die Hieroglyphen, die mit großer Geschwindigkeit über seinen Bildschirm vorbeizogen.

»Eine ernste Angelegenheit«, sagte er. »Die einzige Möglichkeit, Ihren Schützling unter Umständen zu retten, wäre die, ihn auf eine Insel im Weltraum zu transportieren. Ich denke dabei an den Schutzbereich auf Niveau 5 in Lagrange-Drei. Doch ohne das Einverständnis des panafrikanischen Sicherheitsdienstes ist die Überführung nicht möglich. Auf keinen Fall dürfen Sie zu Bruno Cerens Komplizin werden. Und wenn er nicht nachgibt, wenn es ihm gelingt, sein Versuchskaninchen zu verstecken, dann müssen Sie ohne Zweifel mit einer Zonenausschälung einverstanden sein.«

»Und was ist das?«

»Ein Vorgang, in dessen Verlauf ein Teilstück des Territoriums durch komplizierte Methoden und mit Hilfe sehr hoher Temperaturen vollständig zerstört wird. Nach Möglichkeit werden die Menschen evakuiert ... Ihre Versicherung für außergewöhnliche, nicht-politische Risiken bietet Ihnen Rückendeckung: Ich habe das soeben überprüft. Und, wie gesagt, Ihr Subjekt ist ein junger Wiki. Zweifellos ist er sich seiner Macht noch überhaupt nicht bewußt. Somit verfügen Sie über genügend Zeit für Ihren Eingriff ...«

»Welche Macht?«

George King schlug die Augen nieder.

»Diese Idioten, die unaufhörlich mit dem Feuer spielen, haben nun einen Brand entfacht, der nicht so leicht zu löschen sein wird. Aber wir müssen das Feuer unter Kontrolle bekommen, wenn unser Planet nicht völlig verglühen soll.«

»Ist es so schlimm?« fragte Loé.

»Ja ... Eben noch rechtzeitig hat man hinreichend strenge Maßnahmen ergreifen können und von nun an haben sich die Risiken verringert.«

»Sie haben nicht auf meine Frage geantwortet, George. Welche Macht?«

George King seufzte.

»Sie wissen es also tatsächlich nicht, königliche Freundin. Nun, in gewisser Hinsicht entgehen die Wikis der Zeit. Das hat man übrigens so gewollt. Aber die Ergebnisse haben die Erwartungen weit übertroffen.«

»Warum ist das so gefährlich?«

»Soeben wurde mir ein Bild übermittelt, das ich Ihnen zeigen möchte. Selbstverständlich handelt es sich hierbei um eine streng vertrauliche Mitteilung. Diese Art von Informationen darf unter keinen Umständen an die Öffentlichkeit gelangen ...«

Fast zur gleichen Zeit verschwand George King von dem Bildschirm, den Loé betrachtete. An seine Stelle trat ein kleiner, nackter, keuchender, von Schweiß und Wunden bedeckter Mann asiatischen Typs. Großaufnahme: das Gesicht des Mannes, angespannte Züge, vorstehende Augen, pochende Adern, verzerrter, weit geöffneter Mund. Ein gebündelter Lichtstrahl durchdringt und verbrennt das nahe Gestrüpp. Der Mann flieht. Nun sieht man ihn in einiger Entfernung. Er gelangt auf ein freies Gelände. Ein Hubschrauber taucht auf, kreist über ihm am Himmel. Der Flüchtende fühlt sich beobachtet. Vielleicht läßt man ihn auch nur frei herumlaufen, um ihn beobachten zu können. Vielleicht ist es ein Experiment. Das Bild zeigt Polizisten und bewaffnete Soldaten, die sich im Gestrüpp oder hinter den Felsen, am Hang eines Hügels, verstecken. Ja, es ist bestimmt ein Experiment ... Der Mann läuft auf den Hügel zu. Plötzlich wirft er sich zu Boden. Ein blauer Strahl geht über ihn hinweg. Die Waffe war so eingestellt, daß sie nur leichte Verbrennungen verursachen konnte.

Zweimal entgeht der Flüchtling auf diese Weise den Schüssen der Soldaten, die sich rund zehn Meter von ihm entfernt versteckt haben. Auch einem vom Helikopter abgeworfenen Netz weicht er aus. Dann kommen die Schüsse immer näher und kreisen ihn ein. Er dreht sich im Kreis und mimt eine Art wilden Tanz aus unvorhersehbaren Bewegungen. Er hebt den Kopf, er zögert. Großaufnahme: Sein Gesicht scheint sich verändert zu haben. Es sieht aus, als wäre er eben erwacht. Einmal ist das Bild leicht verzerrt. Dann gab es einen Zeitsprung. Der Flüchtende stand am anderen Ende des freien Geländes. Er ging auf einen Birkenwald zu. Der Helikopter ging im Sturzflug auf und nieder. Männer in Uniformen liefen am Wald entlang. Am Himmel leuchteten Signallichter auf ...

Der Flüchtende ging langsam auf die Birken zu. Er zitterte. Eine Nahaufnahme zeigte die Gänsehaut an seinen Armen. Dann drehte er sich plötzlich um, als wollte er in die Kamera schauen. Er hob den Kopf, öffnete mehrmals rukkartig den Mund, rang mühsam nach Luft. Er schien in unsichtbaren Fluten zu ertrinken. *Dann verschwand er.*

Einige Sekunden lang zeigte die Kamera das freie Gelände, die vor Erstaunen in ihren Bewegungen erstarrten Soldaten, den Hubschrauber, der immer höher stieg ...

Dann tauchte George King wieder auf, lächelnd.

»Nun … der Mann, den Sie eben gesehen haben, war ein Koreaner. Vielleicht ist er der erste Zeitreisende, dessen Aufbruch man im Bild festhalten konnte.«

»Er ist abgereist … in die Zukunft?«

»In die Zukunft oder in die Vergangenheit … Man glaubt, die Zeit spiele für die Wikis keine Rolle.«

»Das ist ja verrückt.«

»Ja. Und es ist besser, wenn die Öffentlichkeit nichts davon erfährt.«

»Aber warum ist es so gefährlich?«

»Das Wiki-Phänomen stellt für das Gleichgewicht und die Ordnung innerhalb der Gesellschaft eine große Gefahr dar. Irgendwo in Asien sind Vorfälle der Art, wie Sie sie eben gesehen haben, an die Öffentlichkeit gedrungen. Es gab sehr heftige und äußerst ungewöhnliche Reaktionen. Eine Mischung aus Panik und Begeisterung, verbunden mit einem heftigen Aufleben des religiösen Glaubens und mit Versuchen anarchistischer Revolte. Man konnte die Schuldigen schnell genug isolieren und größere Schäden verhindern. Aber stellen Sie sich einmal vor, das Wiki-Phänomen würde sich weltweit ausbreiten!«

»Ich verstehe«, sagte Loé. »Wozu raten Sie mir?«

»Sie müssen mit dem Sicherheitsdienst Ihres Landes zusammenarbeiten und versuchen, diesen Bruno Ceren zur Vernunft zu bringen!«

»Wie immer waren Sie mir eine wertvolle Hilfe, George. Und für den … für Algis Adamci gibt es keine Chance?«

Einen Augenblick lang herrschte Stille. Die beiden Gesprächspartner sahen einander mit einem Lächeln an, das so voller Hintergedanken war wie eine elektrische Plasmaphase an einem Gewittertag.

»Ich stehe dir, hier auf *Prudence,* jederzeit zur Verfügung«, sagte George King, wobei er das Wort *Prudence* besonders betonte. Prudence …

War das eine Warnung? Loé beschloß, dem keine Beachtung zu schenken. Sie unterbrach die Verbindung.

Sie mußte überlegen. Und als erstes ein köstliches Bad nehmen! Während einiger Zeit betrachtete sie sich in dem nach außen gewölbten Spiegel, der ihr ein genaues Bild von sich wiedergab. Ein längliches, etwas trauriges Gesicht mit vorspringenden Backenknochen und einer leicht hakenförmigen Nase. Ihre Haut war ziemlich dunkel, aber sehr weich. Ihre schwarzen, manchmal grünlich schimmernden, sehr großen, schlitzförmigen, beinahe asiatischen Augen kamen ihr zugleich gebieterisch und flehend vor. Wie in etlichen Filmen, die sie vor fünfzehn oder zwanzig Jahren gedreht hatte. Sie war älter geworden, sah aber immer noch sehr gut aus. Sie war fest davon überzeugt, daß die Zuschauer der ›Verlorenen Krone‹, eines verfilmten Bühnenstücks aus dem Jahr 2025, sie sogleich wiedererkennen würden.

Sie schüttelte den Kopf. Die Zeit eilt davon, meine liebe Loé! Doch sie kleidete sich ohne Hast an. Eine lange Tunika, einen kurzen Lederrock mit Ajourstickerei, kniehohe Stiefel, einen von Nuarita entworfenen Seidenschal ... Nun war sie bereit, ihren ehemaligen Sekretär zu treffen! Doch zuvor mußte sie Bruno Ceren anrufen.

Einige Sekunden später erschien ein rundliches und rosiges, etwas pausbäckiges Gesicht auf dem Bildschirm. Bruno Ceren hatte kleine, zusammengekniffene, lachend listige Augen, einen breiten, spöttischen Mund, dichtes, gebleichtes, fast weißes Haar.

»Endlich, Sie, Madame! Ich muß Ihnen die Lage erklären. Es ist sehr ernst ...«

»Ich weiß.«

»Das Abkommen von Shanghai ...«

»Ja, ja.«

»Der panafrikanische Sicherheitsdienst ...«

»Sagen Sie mir, was Sie tun wollen.«

»Ich benötige Ihre Hilfe. Glaube aber nicht, daß wir das alles am Telefon besprechen sollten.«

»Einverstanden, treffen wir uns«, sagte Loé Dantika. »Aber unter einer Bedingung: Ich möchte Algis Adamci sehen. Anschließend wird sich entscheiden, ob ich Ihnen helfen kann.«

»Sehr gut«, sagte Bruno Ceren. »Ich bringe ihn sofort zu Ihnen!«

»Hierher?«

»Ja. Ihr Palast ist der einzige Ort, an dem er in Sicherheit ist. Wenigstens vorübergehend. Was halten Sie davon?«

Loé zögerte. Sie wußte, daß sie sich in ein ebenso gefährliches wie aufregendes Abenteuer stürzen würde, dessen Ausgang ungewiß war und dessen Folgen sie sich nicht vorstellen konnte. Zum ersten Mal seit ihrem Weggang vom Kino-Satelliten *Sunset* fühlte sie sich wieder lebendig und beinahe glücklich.

»Ich erwarte Sie!« sagte sie.

»Eine Simak-Frau namens Gella wird ebenfalls mitkommen.

Später werden wir Ihnen alles erklären.«

»Wie geht es ihm?«

»Adamci? Er sieht wie ein gewöhnlicher Simak aus. Im Moment jedenfalls ... Aber ich glaube nicht, daß das so bleiben wird!«

DRITTER TEIL

ERSTES KAPITEL

»Sind Sie glücklich?« fragte der Magistrat Don Moulay Garcia Zemgane, indem er am Kragen seines Hemdes aus reiner Seide zupfte.

Algis dachte über diese Frage nach. Er hatte beschlossen, das Spiel mitzuspielen, um Zeit zu gewinnen. Er war immer noch nicht ganz wach. Seine Erinnerungen waren nach wie vor ungenau. In seinem umnebelten Gedächtnis vermischten sich noch immer eigenartige Vorstellungen mit der Realität. Aber was war das, die Realität? Schließlich gab es auch die Inseln im Monde ... Solange er diese Phänomene nicht verstehen und unter seine Kontrolle bringen könnte, würde er äußerst verwundbar bleiben. Falls die panafrikanische Behörde ihn für gefährlich hielt und versuchte, ihn auf die eine oder andere Weise zu beseitigen, so könnte auch Algenib, das Flügelroß, ihm nicht helfen. Weder Algenib noch irgendein anderer Stern ...

Er hatte es geschafft. Der Weckcode hatte funktioniert. Aber er war noch nicht bei vollem Bewußtsein. Vielleicht würde er es in gewisser Hinsicht nie wieder sein. Einmal wach geworden, würde er ein Simak, ein Wiki bleiben ... Er empfand ein berauschendes Irrealitätsgefühl. Dennoch hatte er Angst. Er wollte leben, um Ann-Li wiederzufinden. Er mußte klaren Kopf bewahren und gleichzeitig seine Haut retten. Und er wußte, daß er zur Flucht nicht bereit war.

»Sind Sie glücklich?« wiederholte der Magistrat.

»Ziemlich glücklich«, antwortete Algis.

Das Glück der Simaks war ein Alibi der Privilegierten und Besitzer. Damit die herrschenden Klassen ihre Schuld ertragen konnten, mußten die Simaks glücklich sein und es immer wieder beteuern. Aber das hatte keinerlei Bedeutung: Eines Tages würden die Simaks die Welt beherrschen! Und sie ertrugen die Hitze besser als die anderen Menschen ...

»Möchtest du noch glücklicher sein?« fragte Don Garcia und wischte sich einen Schweißtropfen von der Nasenspitze.

»Ja.«

»Natürlich! Jeder möchte noch glücklicher sein! Du bist ein guter Simak! Man wird dich pflegen, und alles wird noch besser sein. Du willst doch, daß man dich pflegt?«

Algis schüttelte den Kopf. Wozu dieses Verhör? Noch vor kurzem hatte er es gewußt. Aber nun entfiel ihm die Erklärung. Immer wieder vergaß er alles. Der Wind des Vergessens fegte ihm mit verrückter Geschwindigkeit durch den Kopf. Warum? Weil ... Weil er ein ... Weil die Zeit ...

»Ich möchte sehr wohl, daß man mich pflegt«, sagte er.

»Du bist ein guter Simak.«

»Ein Simak wie jeder andere«, fügte Loé Dantika hinzu, die dem Gespräch bislang schweigend beigewohnt hatte, vielleicht weil die Hitze ihr ein wenig zu schaffen machte.

»Nur ein Simak!« sagte Bruno Ceren.

Don Moulay Garcia Zemgane lächelte.

»Davon bin ich überzeugt.«

Er betastete sein Lesegerät, während er sich einen Mikrozettel ansah.

»Ich glaube, ich weiß, wie du noch glücklicher werden kannst. Na? Wärest du damit einverstanden, deinen Arbeits- und Wohnvertrag in ein anderes Mikroklima zu verlegen?«

»In ein anderes Mikroklima?«

»Ja. In ein etwas kühleres Mikroklima«, sagte Don Moulay lächelnd.

Der aus Afrika I stammende Magistrat beeindruckte Algis sehr: durch sein stattliches Aussehen, seine prächtige Kleidung und durch die Macht, über die er verfügte.

»Meinen Wohnvertrag? Ach ja, ich verstehe. Leo Gova hat sich aus seinem Vertrag freigekauft.«

»Dein Vertrag stellt im Grunde eine enge Bindung an dein Klima dar. Es geht nicht darum, ihn zu lösen, sondern mit Vettern zusammenzuleben, die ein größeres und schöneres

Land besitzen, aber nicht genug Simaks, um es zu bevölkern.«

Algis spürte, wie ihn Rührung überkam. Die Rührung eines Simaks, der von seinen Gebietern weichgestimmt wird und deren Güte und Fürsorge ihn verwirren. Er konnte nicht widerstehen. Gut, daß der Magistrat sehen konnte, wie die Tränen ihm übers Gesicht liefen.

»Doch nicht etwa, weil ich krank bin?«

»Nein, nein, keineswegs!«

»Doch nicht, weil man in Bora-Aul nichts mehr von mir wissen will?«

»Nein, nein, keineswegs!«

Algis wurde sich bewußt, daß er in Bora-Aul sehr glücklich gewesen war. Ehrlich, tatsächlich. Er sehnte sich nach den Tagen im Farnpark zurück. Sie schienen schon sehr lange zurückzuliegen, außerhalb der Zeit. Aber die Erinnerungen an das Glück lebten in seinem Gedächtnis und in seinem Herzen weiter. Das war wichtig ... auch wenn er nicht mehr wußte, warum. Er ließ die Tränen über das Gesicht laufen und an der Nase trocknen. Dann fiel der Grund ihm wieder ein.

Das war wichtig, weil die Fähigkeit zum Glück die Simaks zu einer außerordentlich überlebensfähigen Rasse machte. Die Zukunft gehörte den Simaks, die eines Tages die einzigen Bewohner des Planeten sein würden. Sie würden glücklich und frei sein ...«

»Trotzdem muß ich fort?«

Der Magistrat machte eine feierliche Geste.

»Nur schweren Herzens hat Madame Dantika sich damit einverstanden erklärt, sich von einem derart guten Simak wie dir zu trennen. Doch sie tat es zu deinem Besten.«

»Ich bin ein Simak«, sagte Algis.

Don Moulay nickte väterlich mit dem Kopf. Die Simaks waren wie Kinder. Von seinem fettig glänzenden und glatten Gesicht war eine Art grausame Güte und Liebe zu diesen Kindern abzulesen, die die Simaks nun einmal waren: Kinder, kaum mehr als Tiere. Und dann war an seinem Blick zu erkennen, daß schon das Glück eines einzigen Simaks ihn für seine Mühe ausreichend belohnte.

»Ein guter Simak«, lobte er.

Nachdenklich betrachtete Algis das prachtvolle Dekor, das ihn umgab: die vergoldete Deckentäfelung, die Gipsskulpturen an den hohen Wänden, die in einer langen Reihe angebrachten Kristallüster, die das Tageslicht spendeten oder es ersetzten, die Tafeln der Apokalyptik-Schule 2000, die rustikalen Eichenmöbel aus dem zwanzigsten Jahrhundert, die Bärenhautteppiche aus George Kings Zucht ... Er erinnerte sich daran, daß er sich im Hotel Kaloum befand, im Regierungspalast von Madame Dantika.

Gleichzeitig fiel auch alles übrige ihm wieder ein. Die Männer des panafrikanischen Sicherheitsdienstes wollten ihn töten, ihn, Algis Adamci, weil er ein Wiki geworden war und die Befehlshaber der ganzen Welt die Wikis für äußerst gefährlich hielten. Worin sie sich allerdings täuschten. Denn in Wirklichkeit waren die Wikis gar nicht fähig, in dieser Welt zu leben ... Bruno Ceren hatte die Besitzerin gebeten, für die Rettung seines Versuchskaninchens zu sorgen. Und Madame Dantika hatte sich an einen ihrer Freunde gewandt, an einen hohen Staatsbeamten. Schon vor einigen Stunden war Don Moulay Garcia Zemgane in Bora-Aul eingetroffen und hatte darauf bestanden, sich sogleich davon zu überzeugen, daß Algis tatsächlich ein ganz gewöhnlicher Simak war, wie Loé Dantika ihm beteuert hatte ... Aber warum nur war es so warm?

Falls der hohe Beamte zu der Überzeugung gelangen würde, daß das Subjekt Adamci kein Wiki war, so würde die Meinung von Major Boendé dagegen sicherlich nichts ausrichten können. In dem Fall werde ich nach Afrika übergeführt und unter Beobachtung gestellt, dachte Algis. Aber er wußte, daß es soweit nicht kommen würde. Er wußte es, weil ... weil die Zeit ...

Er betrachtete Loé Dantika und wurde sogleich in die Vergangenheit zurückprojiziert – ohne dies, zumindest nicht bewußt, gewünscht, ja, ohne einmal daran gedacht zu haben. In seine Vergangenheit als blinder Sekretär, Vertrauter und Prügelknabe von Madame Dantika, in das Kaloum-Hotel ... einige Monate zuvor, in die Nacht der Zeit und die Nacht der Blindheit.

Ziemlich überstürzt betrat er das Zimmer der Besitzerin. Er legte seinen Bericht und einen Stoß Briefe auf den kleinen einbeinigen Tisch, der dazu bestimmt war und der stets an der gleichen Stelle stand. Dann drehte er sich zu ihr um, so als wollte er sie anschauen. Loé begann zu lachen, und Algis errötete.

Sie war völlig nackt und stand nahe genug neben ihm, ungefähr zwei Meter von ihm entfernt, daß er ihren Duft einatmen konnte.

»Es würde mich freuen, mit Ihnen sprechen zu dürfen, Madame, wenn ...«

»Ich verstehe«, sagte sie. »Wie stellen Sie sich Loé Dantika vor?«

»Für mich sind Sie die schöne und außerordentliche Darstellerin aus dem Film *Die verlorene Krone*.«

»Aber Sie haben den Film doch nie gesehen. Und auch keinen anderen!«

»Nein, keinen einzigen«, gab Algis zu. »Aber ich bin sicher, daß Sie eine sehr schöne Frau sind«, fügte er voller Eifer hinzu.

»Sie dürfen mein Gesicht berühren, wenn Sie wollen. Aber nur mein Gesicht«, fügte sie in unbeteiligtem Ton hinzu.

Algis näherte sich ihr, stotternd: »O ja, ja!« Sie wartete auf ihn. Dann hob sie die Hand, um die seine, die sich ihr entgegenstreckte, zu führen, und sagte langsam und sehr leise:

»Hier bin ich ... hier ... ganz nah.«

Diese wenigen Laute erlaubten Algis herauszufinden, wo genau Loés Gesicht sich befand. Sie brauchte ihm nicht zu helfen. Mit den Fingerspitzen berührte er die Wange, die sie ihm hinhielt; er streichelte einen warmen und von verwischter Schminke etwas fettig gewordenen Backenknochen. Er berührte die Nase, die Oberlippe, fuhr über die Augenbrauen, am Kiefer entlang ...

»Ich *sehe,* daß Sie schön sind«, sagte er.

Sie lachte. Als er die Hand wieder sinken ließ, berührte er flüchtig ihre nackte Brust und wich zurück, indem er einen mehr oder weniger gespielten Überraschungsschrei unterdrückte. Loé ihrerseits konnte einen Aufschrei aus Lust und Wut nicht zurückhalten.

»Sie haben es absichtlich getan!«

»Sie sind ...«

»Ich bin nackt. Und das haben Sie gewußt. Gehen Sie hinaus, ich bitte Sie!«

Loé Dantika seufzte. Und das alles geschah nun gegen Ende August des Jahres 2044, im Am Dam-Saal. Es sah aus, als hätte Algis Adamci Loé mitgerissen in seinen Sturz in die Vergangenheit ... Madame Dantika führte die Hand an ihre Brust. Sie warf den Kopf nach hinten, und einen Augenblick lang schien sie die Augen zu verdrehen. Bruno Ceren und Don Moulay Garcia Zemgane schauten sie zuerst mit Verwunderung, dann mit Besorgnis an. Zögernd erhob sich der Magistrat. Im selben Moment schlug Loé die Augen auf, ihr Blick wurde wieder lebendig; sie lachte und warf Don Moulay einen beruhigenden Blick zu. Auch sprach sie mit leiser Stimme einige Worte aus, die allerdings niemand verstand.

Der Magistrat runzelte die Stirn und wandte sich an Algis, der ganz verstört aussah, wie jemand, der plötzlich an einem unbekannten Ort erwacht. Womöglich ahnte Bruno Ceren, was geschehen war. Er spürte die Gefahr und unternahm einen Ablenkungsversuch. Indem er sich mit einem absorbierenden Papiertaschentuch die Schweißtropfen von der Stirn und vom Nacken tupfte, näherte er sich dem Zimmerthermostat und stieß einen leisen Pfiff aus.

»Das habe ich mir gedacht«, sagte er. »Immer wieder dieser Ärger mit der Klimaanlage. Fühlen Sie sich wohler, Madame?«

Die Besitzerin von Bora-Aul schien die Frage nicht gehört zu haben. Sie lächelte Algis Adamci zu und blickte dann verstört zu Boden.

»Ach, es war wegen der Hitze?« fragte Don Moulay und

fuhr sich mit einer Hand über die feuchte Stirn. »Stimmt was nicht?«

»Hitzerückschlag«, sagte Bruno Ceren. »Die I.K.K.A. verfolgt uns!«

Der Magistrat schaute Algis an.

»Ihr Simak kommt mir recht merkwürdig vor. Ich bin nicht sicher, ob es nur an der Hitze liegt!«

Drei Männer und eine Frau hatten sich im Am Dam-Saal des Kaloum-Hotels versammelt. Aber nur einer von ihnen, nämlich der Wiki Algis Adamci, wußte, daß er Ereignisse miterlebte, die die Zukunft der Menschheit bestimmen würden, auch wenn sie noch kaum wahrnehmbar waren. Innerhalb einer einzigen Sekunde hatte Algis' Blick die nächsten beiden Jahrhunderte durchflogen ...

Im Am Dam-Saal hatte die Temperatur sechsundzwanzigeinhalb Grad Celsius erreicht: drei Grad über dem technisch zulässigen Maximum. Die Klimaanlage im Kaloum-Hotel hätte gestört sein können; aber das war keineswegs der Fall. In Wirklichkeit stand Bora-Aul unter dem sogenannten Steuerdruck der Internationalen Klima-Kontroll-Agentur, der I.K.K.A. Diese atmosphärischen Repressalien durch Hitze, Kälte, Trockenheit, Schnee, Wind, Sturm oder ähnliches würden: 1. zu erheblichen Störungen innerhalb der klimatischen Hauptregierung führen; 2. unerträglich werden und die erste Widerstandsbewegung gegen die Macht der Metsats, der meteorologischen Satelliten, hervorrufen; 3. nach mehreren Zwischenfällen zum hundertfünfundsiebzigjährigen Krieg (2044–2219) führen, an dessen Ende die Erde den Simaks gehören würde.

Andererseits begann man fast weltweit zu der Einsicht zu kommen, daß es keine Möglichkeiten gab, die sich entwickelnden Wikis von den gewöhnlichen Simaks zu unterscheiden. Längst ging es nicht mehr darum, die hochentwickelten Wikis zu identifizieren, denn sie waren vollständig verschwunden. Im Verlauf einer ersten Phase der Anwendung der Shanghaier Konvention verfuhr man mit Tests und mehr oder weniger psychologischen Verhören; und verschiedene Wissenschaftler, wie etwa Bruno Ceren, versuchten, ihre Subjekte in Zusammenarbeit mit der Verwaltungsbehörde zu retten. Im Verlauf einer zweiten Phase sollten alle Verdächtigen beseitigt und keine einzige Ausnahme mehr gestattet werden. Während einer dritten Phase wollte man gezielt auf alle – oder auf fast alle – schießen: ein wahres Blutbad. Gemäß der Shanghaier Konvention würde fast ein Viertel aller im Jahre 2044 existierenden Simaks innerhalb weniger Wochen getötet werden.

Wenig später würde man herausfinden, daß die Simaks sehr wohl imstande waren, diejenigen unter sich ausfindig zu machen, die im Begriff waren, Wikis zu werden. Somit wurde der größte Teil der Überlebenden verschont. Die Aufmerksamkeit der Machthaber wurde auf bestimmte Eigenschaften dieser Rasse gelenkt, die man bis dahin noch nicht genau erkannt hatte. Die vereinten Überlegungen der Wissenschaftler und Führer zu diesen Fakten mußten im Jahre 2049 zwangsläufig zur Erschaffung von Kriegs-Simaks führen.

Als kämpfendes Fußvolk erwiesen sich die Simaks als billiger und leistungsfähiger als die Roboter. Aber sie zeigten sich recht wenig kriegsliebend. Doch dieser Krieg war kein gewöhnlicher Krieg, sondern ein Krieg, in dessen Verlauf die grundlegenden militärischen Aktivitäten mehr Demut als Aggressionen erforderten.

Allerdings zog der Konflikt sich hin, und viele Simaks starben. Nach wie vor war die Hemmbehandlung durch das Mono-Amin K langwierig und kostspielig. Warum sollten die Simaks nicht einfach Simaks machen, so wie die Doggen Doggen machen, die weißen Ratten weiße Ratten und die quergestreiften Zebras quergestreifte Zebras? Gleich zu Beginn des Krieges wurde diese Idee verbreitet: Um 2060 führte sie zu ersten genetischen Simaks.

Während es von den sich entwickelnden Wikis zweifellos nur noch ein paar hundert auf der ganzen Welt gab. Ihre Legende jedoch würde die Herzen von Hunderttausenden von Menschen entflammen. Wie viele waren tatsächlich entkommen und zu weiß Gott welchen heiligen Stätten im Weltraum oder in der Zeit gelangt? Man würde es nie erfahren. Aber ein verrücktes Verlangen nach Freiheit strömte durch die Lücken, die man in die Mauer der Welt, in die Mauer der Gegenwart, der Resignation und des Gesetzes gebrochen hatte. Überall bildeten sich kleine Inseln des passiven Widerstands, der anarchistischen Revolte oder einfach nur der

Flucht in den Traum. Diese Bewegung entwickelte sich zugunsten des Chaos.

Während die Staaten und Agenturen auf der Erde und im Weltraum Krieg führten, breitete sich der zivile Ungehorsam über den ganzen Planeten aus. In dieser Situation zeigten die Simaks eine außergewöhnliche Anpassungsfähigkeit. Viele Menschen wollten sich der Hemmbehandlung durch das Mono-Amin K unterziehen. Aber dazu gab es weder genügend Biotechniker noch ausreichend Laboratorien. Dann mischten die Gurus sich ein und behaupteten, die Verwandlung könnte auch durch rein psychologische Mittel herbeigeführt werden. Und sie lieferten dafür den Beweis! Bald gab es Dutzende Millionen von programmierten Simaks. *Allein die Sekte von Jenkins zählte im Jahre 2080 fünf Millionen Mitglieder.*

Bereits gegen Ende des zwanzigsten Jahrhunderts zeichnete die Eroberung der Erde durch die Simaks sich deutlich ab.

Und dann, als die letzten Menschen den Planeten im Jahre 2219 verließen, um sich auf den Inseln im Weltraum niederzulassen, da hörte der Krieg ganz einfach auf.

Diesen Sturz in die Geschichte der Zukunft vollzog Algis Adamci innerhalb kürzester Zeit, ohne daß seine Willenskraft oder sein Verlangen daran beteiligt gewesen wären. Für ihn gab es die Zeit eigentlich gar nicht. Sein Gedächtnis umfaßte sowohl die Zukunft als auch die Vergangenheit; aber es war nicht stabil. Er erinnerte sich und vergaß auch gleich wieder. Bald würde diese Unbeständigkeit jedes Atom, jedes Quantum Energie seines Körpers, seines Hirns, seiner Persönlichkeit erfassen. Und dann könnte er sich nicht länger an dieser Welt festklammern. Wie ein Blatt im Wind würde er davongetragen werden.

Man hatte in ihm das zerstört, das es dem Menschen erlaubt, sich an der Gegenwart festzuhalten, sich auf diesem sehr dünnen, zwischen Vergangenheit und Zukunft gespannten Faden einzurichten und dort sein Leben zu leben. Mit den Simaks hatten die Neugestalter des Menschen einen Erfolg zu verzeichnen, der ihre Träume und Hoffnungen weit übertraf. Doch mit den Wikis war man zu Wesen gelangt, die nicht lebensfähig waren ...

Zu Wesen, die leichter waren als die Zeit und die nur auf den Inseln im Monde leben konnten!

Dann stand Algis Adamci wieder zwischen Loé Dantika, Bruno Ceren und Don Moulay Garcia Zemgane, in der Mitte des Am Dam-Saales im Hotel Kaloum. Und er war wohl der einzige, dem kalt war ...

Er fröstelte. Seine Lippen waren trocken, seine Augen voller Fieber. Diese Anzeichen alarmierten Bruno Ceren, der trotz der Hitze blaß und angespannt aussah.

Der Magistrat beugte sich über den Telefonschirm. Als er sich wieder erhob, entschuldigte er sich mit verächtlich herabgezogenen Mundwinkeln bei Madame Dantika.

»Sie müssen mich verstehen, teuerste Freundin: Ich war gezwungen, dieser Unterredung zuzustimmen.«

»Gehen Sie sofort?« fragte Loé.

Don Moulay Garcia schaute auf seine Uhr.

»Sagen wir: in einer Viertelstunde.«

»Warum kommt Major Boendé nicht allein?« fragte Bruno Ceren.

»Zwei seiner Männer werden ihn begleiten. Das ist nur normal.«

»Sie vertrauen mir nicht«, sagte Loé Dantika.

»Aber doch, natürlich, teuerste Freundin, ich habe vollstes Vertrauen zu Ihnen. Andernfalls wäre ich nicht hier. Allerdings ist es meine Pflicht, mir die Argumente von Major Boendé anzuhören. Es handelt sich um eine sehr ernste Angelegenheit, und ich werde versuchen, meine Entscheidung so klar wie möglich zu begründen ...«

»Haben Sie wirklich ein Entscheidungsrecht in dieser Angelegenheit?« fragte Bruno Ceren.

Der Magistrat war empört.

»Selbstverständlich!«

»Sollte es also mit dem hier anwesenden Vertreter des

panafrikanischen Sicherheitsdienstes zu keiner Einigung kommen, so wird Ihre Meinung den Ausschlag geben?«

»Das ... das ist doch vollkommen klar!«

Aber in Don Moulay Garcias Stimme war wenig Selbstsicherheit. Algis wußte, daß die zweite Phase der Anti-Wiki-Operation bald beginnen würde. Von nun an hätten die Soldaten und Agenten des Sicherheitsdienstes alle Macht, in strittigen Fällen zu entscheiden. Das bedeutete, daß die Verdächtigen trotz Einspruchs der Verwaltungsbehörden zur Strecke gebracht werden würden. Algis hatte das Gefühl, den Männern des Majors entkommen zu können, aber sicher war er sich nicht. Die verworrenen Bilder aus einer anderen Zeit konnte er noch nicht genau deuten. Unter der Wirkung der Hypnose hatten ihn schon einige erreicht, als er noch kein Simak war. Als Leutnant Rayne ihn verhörte, sah er sich durch einen Park von Revention flüchten, keuchend und mit vor Fieber dröhnendem Kopf. Diese Sequenz mußte sich in der Zukunft abgespielt haben, da er ja nicht mehr blind war. Übrigens gab es dafür in der Vergangenheit gar keinen Platz.

Er ahnte, daß er bald dorthin gelangen würde. Er versuchte, über die Zeit hinaus zu schauen, doch es gelang ihm nicht. Seine Fähigkeit ließ sich kaum mehr lenken; übrigens war es vielleicht gar keine Fähigkeit, sondern eher ein Fehler ...

Major Boendé rief erneut an. Man vereinbarte, sich in zehn Minuten am Ufer des kalten Kanals zu treffen ...

»Nein!« sagte Algis.

Verwirrt schaute Don Moulay Garcia ihn an.

»Was ist los mit dir, Simak?«

»Er hat recht!« sagte Loé. »Nicht am kalten Kanal. Ich ... nun, ich mag diesen Ort nicht. Treffen wir uns lieber am Weidenbecken.«

Der Magistrat zuckte mit den Schultern.

»Einverstanden. Gehen wir zum Weidenbecken«, sagte er mit müder Stimme. »Ich werde den Major zurückrufen. Und dir, Simak, habe ich noch einige Fragen zu stellen ...«

»Lassen Sie ihn in Ruhe!« sagte Bruno Ceren.

»Monsieur! Sie sprechen mit einem hohen Staatsbeamten!«

»Ich bitte Sie!« sagte Loé Dantika.

Algis hörte der Diskussion nicht zu. Er wußte, daß sich sein Schicksal in den kommenden Minuten entscheiden würde. Er konnte sich nicht vorstellen, wie er dem Sicherheitsdienst entkommen könnte. Ob nun am kalten Kanal oder am Weidenbecken, das vom Major arrangierte Treffen war eine Falle. Er, der Wiki, sollte nicht mit dem Leben davonkommen.

ZWEITES KAPITEL

Seit vielen Tagen hing ein Gewitter über Bora-Aul, doch es wollte nicht ausbrechen. An diesem Spätnachmittag schwankte die Temperatur im Mikroklima zwischen 33 und 48 Grad Celsius. In Revention war die Hitze erstickend, aber doch auszuhalten. Hingegen hatte man die Gegend um Rosejaune, der ›Sommerhauptstadt‹ von Madame Dantika, evakuieren müssen.

Die Leute der I.K.K.A. und der Metsats nannten das einen ›Rückschlag in die Hundstage‹, um nicht zu sagen: eine ›Vergeltungsmaßnahme‹ ... Die Herren der Mikroklimas gebrauchten den Ausdruck ›Steuerhundstage‹. Das bedeutete, daß die Agentur die Besitzer geradezu erpreßte, damit sie ihre Steuern zahlten. Im Fall Bora-Aul war die Lage noch etwas komplizierter; es handelte sich in der Tat um eines der ersten kleineren Gefechte des Klimakrieges.

Loé Dantika blieb neben einem Trommelfell stehen, das die Form eines auf dem Kopf stehenden Pilzes mit nach außen gewandten Lamellen hatte. Sie lauschte aufmerksam. Dann näherte sie sich dem Apparat, hob ihre Halskette an, legte die längste und größte Perle an das linke Ohr und stellte die Verbindung her, indem sie auf eine leichte Verdickung drückte. Schließlich holte sie tief Luft und lauschte dem Geräusch ihres durch das Trommelfell verstärkten Atems ...

Aber es wurde von weiteren Geräuschen übertönt. Vom Grollen eines etwa hundert Meter entfernten Wasserfalls und auch von den Geräuschen von Schritten, vom Rascheln des Gestrüpps und der Blätter und, nicht zu vergessen, vom heftigen Surren unzähliger Insekten. Leicht verstimmt ließ Loé ihre Halskette wieder fallen. Natürlich war der Apparat schlecht eingestellt.

»Viele Bewohner halten mich für paranoid«, sagte sie zu

Don Moulay Carcia. »Doch diese Trommelfelle sind, zumindest im Prinzip, keine Überwachungsapparate. Für mich sind es vor allem Musikinstrumente.«

Die Besitzerin von Bora-Aul erklärte dem Magistrat, daß die über die Gärten von Revention verstreuten Trommeln für sie – die Theaterschauspielerin und Musikerin – alle winzigen und geheimen Geräusche aus ihrem Gebiet einfingen: die lieblichste aller Melodien.

Allerdings konnten sie, in Ausnahmefällen, auch zu Überwachungszwecken genutzt werden ...

»Dieser Apparat ist nicht in Ordnung«, sagte sie. »Aber trotzdem habe ich hören können, wie die Männer des Majors die Gärten umzingelten«, sagte sie gelassen.

»Sind Sie sicher?« fragte der Magistrat.

Loé Dantika zuckte mit den Schultern.

»Der Major hat bereits zehn Minuten Verspätung«, sagte Bruno Ceren.

»Er stellt seine Truppen auf.«

»Er hat keine ... Ich bin es, der den Staat repräsentiert!« schrie Don Moulay.

»Hat der Staat überhaupt noch eine Bedeutung?«

Der Magistrat rang nach Luft.

»Diese Hitze ...«

»Kommen Sie!« sagte Loé. »Gehen wir, während wir auf den Major warten, am Ufer des kalten Kanals spazieren.«

»Aber das Treffen muß unbedingt stattfinden ...«

»Am Ufer des Kanals wird es vielleicht etwas kühler sein.«

Zwei Männer des privaten Ordnungsdienstes von Madame Dantika hatten die beiden Simaks, Algis und Gella, in ihre Mitte genommen. Major Boendé hatte Gella gebeten, Algis zu begleiten, und Bruno Ceren dachte voller Beunruhigung über die Gründe dieser Bitte nach. Die beiden Leibwächter von Don Moulay Carcia, zwei prachtvolle Sarahouis, marschierten hinter ihnen her. Loé Dantika hatte an verschiedenen Punkten des Parks einige Jagdaufseher Stellung beziehen lassen. Bestimmt verfügte der Major über stärkere

Einsatztruppen. Die Besitzerin von Bora-Aul wollte auf keinen Fall mit den panafrikanischen Sicherheitskräften in Konflikt geraten. Sie wollte nur der Monotonie ihres Daseins ein Ende setzen und die Begeisterung der großen Filme wiederentdecken, die sie vor zwanzig Jahren gedreht hatte. Im Grunde verlangte sie nur nach ein wenig Kino ...

»Die Klimaagentur übertreibt!« sagte Don Moulay.

»Sie fordert zwei Millionen Gecs von mir«, sagte Loé Danktika. »Es tut mir leid, Don Moulay, Sie unter diesen Umständen empfangen zu müssen. Glauben Sie bloß nicht, daß ich Sie um Unterstützung ersucht hatte. Aber ich bin der Meinung, daß unsere Regierung der Hauptschuldner der Agentur ist. Bora-Aul dient den panafrikanischen Autoritäten als Truppenüberungsplatz, genau wie Lackawanna den Amerikanern als Truppenübungsplatz zur Verfügung steht. Sollen die Regierungen also schauen, wie sie zurechtkommen! Ich kann und will der I.K.K.A. keine zwei Millionen Gecs zahlen. Und wenn es sein muß, so werde ich dieses Mikroklima zusammen mit meinen bevorzugten Simaks verlassen!«

Langsam spazierte die kleine Gruppe die Alleen entlang und an verwelkten Beetanlagen vorbei, wo die Blumen des vergangenen Sommers verblühten. Die trockenen, wie Glas brüchigen Blätter knirschten unter Loés nackten Füßen, unter den Pantoffeln des Magistrats, den Sandalen der Simaks und den Stiefeln der Leibwächter.

»Sie wollen uns bei lebendigem Leib verbrennen«, sagte Bruno Ceren.

Wie automatisch hielt Loé Dantika vor einer Skulptur inne, vor einem ›Gerippe‹ David Lambos. Ein gewaltiges Gerüst aus Knochen aller möglichen Tiere. Und unter anderem vermutlich auch aus einigen Menschenknochen. Es genügte, sich die Skulptur etwas genauer anzusehen, um das herauszufinden. Zweifellos hatten die Jagdaufseher und die Milizsoldaten dem großen Künstler so manches Skelett verkauft. Zu Goldpreisen natürlich.

Loé Dantika las den lächerlichen Titel: *Gerippe 8.* Voller

Verachtung biß sie die Zähne zusammen. Dennoch blieb sie aufmerksam stehen. Einige kleinere, bewegliche Knochen stießen mit klangvollem Ton aneinander. Und es ertönte eine eigenartige, seltene, vielleicht sogar einzigartige Musik, die das friedliche Leben im Mikroklima auf wunderbare Weise darstellte.

Dank dieser Musik verzieh sie David Lambo alles. Denn die Mikroklimas, das ahnte sie, näherten sich ihrem Ende.

Achselzuckend setzte sie ihren Weg fort.

Über eine kleine, in die Felsen gehauene Treppe stieg sie zum Ufer des kalten Kanals hinab. Die anderen folgten ihr. Eine Weile ging sie über den gepflasterten Weg, der am Kanal entlang führte. Ein kühler Wind wehte vom Wasser herauf. Trotzdem fühlte sich Loé Dantika noch beklommener als im Garten. Da die anderen sie beobachten, zwang sie sich, so entspannt wie möglich weiterzugehen. Dabei wußte sie sehr wohl, warum sie sich unwohl fühlte. Die Jagdaufseher und Milizsoldaten warfen zu viele Leichen in den kalten Kanal, die noch gar keine Leichen waren.

Damit wollte sie nun so schnell wie möglich Schluß machen.

»Warum haben Sie uns hierher geführt, teuerste Freundin? Unser Treffen mit Major Boendé sollte doch am Weidenbecken stattfinden!« sagte Don Moulay Garcia.

»Der Major wird uns hier schon finden«, sagte Loé. »Wir werden unseren Fehler einsehen. Wir werden uns entschuldigen und sagen, wir seien hierher gekommen, um etwas frische Luft zu schnappen, am einzigen Ort, wo es noch frische Luft gibt. Und so können wir dann kapitulieren, ohne das Gesicht zu verlieren!«

»Kapitulieren! Ich verstehe nicht!«

»Don Moulay, ich will Sie nicht länger belügen. Algis Adamci ist lange Zeit mein Privatsekretär gewesen. Ich habe seiner Verwandlung in einen Simak zugestimmt, um ihm das Leben zu retten. Ein erstes Mal. Und nun habe ich ein zweites Mal versucht, ihn zu retten. Aber ich weiß, daß ich verloren habe. Algis ist ein Wiki: Wir müssen ihn an Major Boendé ausliefern, damit dieser ihn tötet!«

»Nein!« schrie Bruno Ceren.

»Doch!« sagte Loé gelassen.

Algis trat aus dem Landhaus. Am Fuß der Treppe blieb er stehen und drehte den Kopf nach Osten; er schaute genau auf die hölzerne Brücke, die in einem Bogen von zweihundert Metern über die Felsenschlucht führte. Es war eine wackelige, auf biegsamen Stützbalken ruhende Brücke. Sie erinnerte ihn an ein fein getakeltes, am Himmel verankertes Schiff. Im Nordwind, der über die Hochebene fegte und die Palmen am Rande der Schlucht krümmte, schwang die Brücke heftig hin und her. Ein heiserer Pfiff lenkte Algis' Aufmerksamkeit nach Süden hin.

Wieder war es der Wind, der sich in einer schmalen Felsenrinne verfangen hatte; diese Rinne führte zur Schnabelspitze, wo sich der Weg am Steilhang befand, den Algis ›Sternwarte‹ nannte.

Die Inselkarte erinnerte an das Bild eines Vogelkopfes mit einem langen, in der Mitte fein getrennten Schnabel. Noch ein Vogelsymbol, das deutlicher auszumachen war als das der Rieseneier. Das Dorf der Eier war eine einfache Simulierung der Rückkehr in den Mutterschoß, verbunden mit dem Wunsch, neu geboren zu werden, in eine sanftere und friedlichere Welt. Aber Algis ahnte, daß er sich in dieser Welt langweilen würde. Dann waren die Eier geplatzt. Die Inseln im Monde waren nach wie vor vergänglich. Das ganze Dorf war zerfetzt worden. Algis war auf einem mit Pelz überzogenen Eierschalenstück abgetrieben worden. Dieses improvisierte Floß trieb durch einen Raum mit geringer Schwerkraft, wo sich Luft und Wasser miteinander vermischten. Diese beiden Elemente vereinten sich zu einer Art Wolke: zum *Mondäther*, der möglicherweise den eigentlichen Stoff darstellte, aus dem die Wirklichkeit bestand.

Und die Inseln im Monde bestanden aus Teilstücken der Realität, die auf die eine oder die andere Weise der linearen

Zeit entkommen waren. Langsam überflogen sie die Zeitgeschichte und folgten den Strömen, die sie in die Zukunft trieben. Manchmal lenkte ein Wirbelwind sie in die Vergangenheit. Dann zerplatzten sie in den meisten Fällen oder lösten sich auf. Ihre Bestandteile kehrten in den Zeitstrom zurück und verbanden sich erneut mit der dichten Masse der Realität. Die meisten Inseln setzten ihre Irrfahrten in die Zukunft fort. Teile der Realität stiegen aus den Fluten hoch, um sie zu vergrößern. Einige lösten sich nach und nach auf. Andere befreiten sich endgültig von der Anziehungskraft des Zeitstroms. Diagonal zur historischen Welt entfernten sie sich und steuerten auf eine andere Ebene der Realität zu.

Das Eierschalenfloß, auf dem Algis dahintrieb, hatte die Insel des Landhauses und der Felsschlucht erreicht. Das Gebiet war größer und verschiedenartiger als das Dorf der Rieseneier. Die tiefe, üppig bewachsene und feuchte Schlucht nahm ungefähr die Hälfte der gesamten Oberfläche ein, die gewiß anderthalb Quadratkilometer umfaßte. Sie hatte ungefähr die Form eines gespannten Muskels. Sie begann an der Schnabelspitze, streifte das Landhaus-Auge, schwoll unterhalb des Halses und in der Kopfmitte leicht an und endete am äußersten Ende des Halses, der von einer senkrechten Felswand versperrt war. Das Plateau, die Bergkämme, die Küstenstraßen und der Südstrand nahmen den Rest der Insel ein.

Drei oder vier Klimas und zahlreiche Vegetationszonen hatte Algis bereits entdeckt. Die Insel der Felsschlucht und des Landhauses entsprach genau der Beschreibung Bruno Cerens: Es war eine Baby-Welt.

Und gleichzeitig ein über die Zeit hinwegsegelndes Schiff.

Algis beobachtete die vom Wind gepeitschte Brücke, die über der Schlucht gefährlich schwankte. Siebzig oder achtzig Meter tiefer lag der einzige Fluß der Insel, der sich im unteren Teil des Schnabels in den Äther ergoß. Vom Landhaus aus war der Fluß nicht zu erkennen, aber Algis kannte die Tiefe der Schlucht. Er verzichtete darauf, sich zum südlichen Strand zu begeben, wie er es vorgehabt hatte. Natürlich hätte er in die Tiefe der Schlucht hinabsteigen und auf der anderen Seite wieder hochsteigen können, aber er hatte es sich anders überlegt.

Bei dem eisigen Wind, der über das Hochplateau fegte, bekam er Lust, zu den Bergkämmen im Nordwesten aufzubrechen, auf die vielleicht schon der Schnee fiel. Es kam ihm vor, als würden winzig kleine weiße Schneeflocken zwischen den dunkel am Rande der Ebene zusammengedrängten Tannen tanzen. Und von den Bergkämmen aus konnte man ein unvergleichliches Panorama genießen: auf den verhüllten Mond, auf die Weltstadt Lagrane I und auf alle benachbarten Inseln, die wie eine Schar märchenhafter Wolken über die Zeit hinwegtrieben ...

Algis schauderte. Bei seinem Aufbruch zum Südstrand hatte er nur eine einfache kurze Hose aus feinem Stoff und mit verschlissenen Säumen angezogen. Er ging ins Landhaus zurück und streifte über die Hose einen pelzgefütterten Overall. Dann ging er wieder hinaus, stieg die Treppe hinunter und ging einige Schritte über den Weg zum Hochplateau. Ein Schwarm weißer Flocken legte sich ihm aufs Gesicht.

Dann hörte er, wie eine weibliche Stimme seinen Namen rief: Algis ...

»Algis ist ein Wiki! Wir müssen ihn an Major Boendé ausliefern, damit dieser ihn tötet!«

»Nein!«

»Doch!«

Algis begriff, daß diese Stimmen aus dem Garten in Revention und nicht von der Insel kamen. Er strengte sich an, um zur zeitlichen Realität den 30. (oder 31.) August des Jahres 2044 zurückzufinden. Der Kalender hatte für ihn keinen Sinn mehr. Allmählich verlor er jedes Zeitgefühl: die normale Entwicklung eines Wikis ...

Aber er mußte sich, so glaubte er, an diese Zeitrealität klammern, um seine Haut zu retten. Es ging um Leben und Tod!

»Nein! Nein! Ich will nicht, daß man ihn tötet!« schrie Gella.

Mit Erstaunen sah er, wie die junge Simak-Frau mit erhobenen und geballten Fäusten auf Loé Dantika losging. Don Moulay Garcia und Bruno Ceren waren nicht weniger überrascht als er. Einen Moment lang blieben die beiden Männer wie erstarrt stehen und schauten der Szene ungläubig zu. Vorausgesetzt, sie starrten nicht gerade in den plötzlich bedeckt und bedrohlich gewordenen Himmel. Die vier Leibwächter, die in einiger Entfernung beisammenstanden, zögerten.

Taumelnd trat Loé Dantika zurück, wobei die Falten ihrer langen weißen Tunika, die sich um ihre Beine gewickelt hatten, sie behinderten. Gella trug eine kurze Bluse und darüber einen losen Gürtel, den der Wind entknotete ... Der Wind, der plötzlich aufgekommen war. Ein brennender, heißer Wind, der fegte und wirbelte und kleine trockene Staubwolken von der Erde losriß. Das lange erwartete Gewitter brach endlich los.

Loés Tunika legte sich eng an ihre Beine, von den Knöcheln bis zu den Schenkeln. Wie gelähmt stand die Besitzerin von Bora-Aul da, als Gella sich voller Wut auf sie stürzte. Vom Aufprall wurde sie in den kalten, in den tödlich kalten Kanal geschleudert. Als sie fiel, heulte sie vor Panik auf. Aber als sie dann im Wasser lag, verstummten ihre Schreie. Das Kanalwasser war lauwarm. Sie begann zu schwimmen.

Ein Mitglied des Ordnungsdienstes schoß auf Gella, verfehlte sie jedoch wegen des Windes. Die anderen holten die junge Simak-Frau ein, die ein Wirbelwind zur Hälfte entkleidet hatte. Sie rissen ihr das Kleid vom Leib und schlugen brutal auf sie ein.

Dann sah Algis, wie Major Boendé und seine Männer oben auf der Treppe erschienen, die zum Kanal hinabführte. Nackt kämpfte Gella gegen die Aufseher. Er konnte nichts für sie tun.

Er sah sich nach allen Seiten nach einer Fluchtmöglichkeit um. Stromaufwärts, zwischen der Mauer am Kanal und dem Weg, der daran entlang führte, sah er einige Sträucher, Aloen und Palmlilien, die ihm vielleicht eine Flucht ermöglichen könnten. Aber wohin? Diese Frage stellte er sich nicht einmal. Was zählte, das war die Zeit und nicht der Raum.

Etwas ungeschickt sprang er auf und stach sich sogleich an den spitzen Dornen der Ölpflanzen. Den Schmerz verspürte er kaum. Er lief und stieß gegen die Mauer. Etwa zehn Gewehre waren auf ihn gerichtet. Er konnte sie nicht sehen, aber er war sich der schrecklichen Bedrohung bewußt.

Nur entsetzt war er nicht! Auch hatte er jedes Angstgefühl verloren. Um ihn herum begann die Hecke in Flammen aufzugehen. Mit Verbrennungen am Fuß, an der Hand, an der Seite stieß er vor Schmerzen und Verzweiflung einen langgezogenen Schrei aus. Einen heiseren, wilden, tierischen Schrei. Wenn seine Verfolger noch Zweifel gehabt hatten, so mußten sie sie in diesem Augenblick verloren haben. Algis Adamci war kein wirklicher Mensch mehr.

DRITTES KAPITEL

Die Männer von Major Boendé schossen mehrere Male auf Algis, während ihr Führer in einen Walkie-Talkie brüllte, um das Gros seiner Einsatzkräfte zu alarmieren. Gegen den Wind ankämpfend, landete ein Helikopter im Garten.

»Schießt doch! Schießt ihn nieder! Tötet den Wiki! Er will fliehen!«

Auf der anderen Seite des Kanals tauchte Leutnant Rayne auf, in Begleitung einer Gruppe von vier oder fünf Männern. Zwei Agenten des Sicherheitsdienstes trugen schwere Strahlenwaffen.

»Los, Feuer! Der Wiki haut ab! Feuer! Feuer!«

Die Schüsse der beiden Gruppen kreuzten sich über der weder hohen noch dichten Hecke, hinter der Algis Adamci in Deckung gegangen war.

Im nächsten Moment brannte die Hecke lichterloh. Die ersten Regentropfen fielen vom Himmel. Es waren nicht viele, dafür aber um so riesigere Tropfen. Der Wind schürte das Feuer, und der Regen löschte die Glut.

Inmitten eines Feuerwirbels tauchte Algis auf. Er taumelte. Er schien auseinanderzufallen. Gewehrkugeln, Pfeile und verschiedene Strahlen hagelten auf ihn nieder.

Die Männer von Boendé glaubten, sie würden mehrere übereinandergelagerte menschliche Silhouetten erkennen, die sich losrissen und sich entfernten. Einen Augenblick lang waren alle verschwunden. Dann sah man erneut einen Flüchtenden, einen kleinen dunkelhaarigen Mann in angesengten Kleidern; aufrecht stand er da, allein in einer Landschaft am Ende der Welt.

Vielleicht war es eine Illusion, die vom Lichtschein des Sturmes hervorgerufen wurde. Der Himmel verwandelte sich in einen dunklen Spiegel. Lichtklingen kreisten über Revention. Es war, als würden sie die Wolken, die sich durch die Zerstörung der Leyman-Schicht gebildet hatten, in Stücke reißen und die Wipfel der hohen Bäume in einem Schlag wegmähen. Zudem bewirkten sie einen Blendungseffekt, der jede Sicht verschwommen und ungewiß werden ließ.

Ein Windstoß jagte über das andere Ufer des Kanals. Im Nu wurden der Leutnant und seine Männer wie weggefegt. Zwei Körper fielen in den Kanal. Zuerst noch konnte sich der Leutnant am Geländer einer verwahrlosten Treppe festhalten, doch dann löste sich das Geländer; und der Leutnant fiel hin und wurde gegen die Mauer geschleudert.

Am rechten Ufer, im schlagenden Wind, half Don Moulay Garcia Loé Dantika aus dem Wasser. Zwei Männer des Ordnungsdienstes hielten Gella fest, deren Kleider mit dem Hut eines Leibwächters davongeflogen waren.

Am Rande des Kanals stehend, begann Madame Dantika zu frösteln. Sie wandte sich ab, um nicht sehen zu müssen, wie die Agenten des Sicherheitsdienstes Algis Adamci niederschlugen, erschossen, rösteten, in Fetzen rissen. Sie hob die Augen zum schnaufenden, dünnhäutigen Himmel. Sie sah die Blätter, gebrochene Zweige, Stoff- und Papierfetzen, ein Plastikschild, den Flügel eines Windrades, einen in ein fliegendes Wrack verwandelten Pfau mit ausgerissenem Schwanz ...

Dunkelheit legte sich auf den Garten. Eine gelbe und blaue Nacht bedeckte das Mikroklima, während große helle Blitze den Himmel kreuz und quer und mit extremer Geschwindigkeit zerschnitten.

Als der Wind ihr ins Gesicht peitschte, drehte Loé Dantika sich um. Soweit im Licht des Blitzes zu erkennen war, existierte die Hecke nicht mehr, hinter der Algis Adamci sich versteckt hatte. Keine einzige Spur des Flüchtlings. Aber vereinzelt ballerten die Männer des Sicherheitsdienstes noch herum. Major Boendé gab die Befehle, aber niemand konnte ihn hören.

Vielleicht hatte Algis Adamci entkommen können? Der Blitz schlug in eine riesige Zeder, deren Stamm sich mit dem

Geräusch von zerdrücktem Metall spaltete. Das Grollen der Erde antwortete dem wilden Heulen des Himmels. Loé war ganz hingerissen. Don Moulay Garcia und Bruno Ceren packten sie an je einem Arm.

»Wir müssen zurück!« schrie der Magistrat ihr ins Ohr. »Uns in Sicherheit begeben! Und zwar schnell!«

Sie sträubte sich.

»In Sicherheit begeben? Da hinein! Nein! Nein! Zu gefährlich!«

»Die Leyman-Schicht wurde weggerissen!« jammerte Loé. »Ich glaube, die Phasenwand ist explodiert. Die Gebäude werden über uns zusammenbrechen!«

Aber ihre Begleiter konnten sie nicht hören und zogen sie mit sich ins Hotel. Sie versuchten, sie hochzuheben, aber da brachte der Sturm sie ins Schwanken. Don Moulay Garcia Zemgane schlug mit dem Kopf an eine Treppenstufe. Bruno Ceren verschwand. Loé preßte sich fest auf den Boden, um nicht mitgerissen zu werden. Erneut begann es zu regnen, lauwarm und ölig. Fast gleichzeitig ereignete sich ein alles überschwemmender Wolkenbruch. Loè konnte dem nicht länger standhalten. Eine schlammige Flut, die ihr Schreien erstickte, schleuderte sie erneut in den Kanal. Einen Moment lang wehrte sie sich, aber dann verlor sie das Bewußtsein.

Hin und her torkelnd, mit nackten Füßen und von Schwindelgefühlen erfaßt, flüchtete Algis. Seine Kleider waren von den Schüssen aus den Strahlenwaffen und den Flammen der verdorrten Hecke größtenteils verbrannt. Am ganzen Körper hatte er Verbrennungen. Kältewellen durchliefen seine Haut und seine Muskeln. Seine Knochen kamen ihm wie gefrorene Metallstücke vor.

Er lief, keuchend und mit vor Fieber brausendem Kopf. Um ihn herum tobte der Sturm.

Nie würde er erfahren, wie es ihm gelungen war, den Männern des Sicherheitsdienstes zu entkommen. Das Gewitter hatte ihm geholfen, und schließlich hatten seine Wiki-Fähigkeiten begonnen, sich zu zeigen. Die besonderen

Umstände beschleunigten seine Entwicklung. Allmählich löste er sich vom Zeitstrom, mit winzigen Sprüngen, die ihm das Gefühl gaben, hin und her zu torkeln. Natürlich war es ihm auf diese Weise gelungen, den von Major Boendé und seinen Männern abgegebenen Schüssen zu entkommen ...

Nun setzte sich dieses Phänomen fort und schützte ihn teilweise vor dem Gewitter. Er sah, wie die Elemente über ihn hereinbrachen, doch Regen und Wind konnten ihm kaum etwas anhaben. Der Wirbelsturm peitschte ihm manchmal kurz ins Gesicht, um sich sodann wieder zu verziehen. Er sah, wie vor ihm der Regen über eine immaterielle Scheibe rieselte; ein feiner Schauer durchdrang die Scheibe und besprengte ihn flüchtig mit Wasser. Er lief, ohne zu versuchen, sich zu orientieren, fast ohne Hast.

Die anderen hatten mit Sicherheit seine Verfolgung aufgenommen. Major Boendé wollte bestimmt nicht darauf verzichten, ihn zu töten.

Er befand sich auf einem großen freien, mit glänzenden Steinplatten ausgelegten Platz in den Gärten von Revention. Ein gewaltiger dunkelblauer Vorhang mit gelben Streifen erstreckte sich zwischen Himmel und Erde. Eine teigige Masse aus dichtem Regen und halb geschmolzenem Hagel ergoß sich mit wildem Getöse über die Stadt und ihre Gärten. Unterhalb rissen die Wassermassen die Gebirge auseinander, wühlten die Wiesen auf, unterspülten ausgerissene Baumstämme und fluteten über alles hinweg, was sich ihnen in den Weg stellte.

Die Gewitterblitze zerfetzten den Horizont unter der zerbröckelten Leyman-Schicht. Ihr Feuer zuckte auf über Bora-Aul: Pfeile und Sterne, Bögen und Sicheln, Haken und Lanzen, Lichtschwerter und zitternde Sonnen ... Der zum Tode heulende Wind begleitete das heisere Grollen des Donners. Die Atmosphäre roch nach Salz, nach Ozon, nach Rauch und verbranntem Leder.

Algis lief weiter, in nördlicher Richtung ungefähr: Denn inmitten dieser Hölle konnte man sich kaum orientieren.

Der Eindruck, hin und her zu taumeln, wurde derart stark, daß er sich in ein Schwindelgefühl verwandelte. Algis ließ sich auf die Insel der Felsschlucht und des Landhauses treiben. Immer noch lief er nach Norden; aber es war nicht mehr derselbe Norden: Er befand sich auf einem wenig bewaldeten Plateau und lief, zwischen den Tannen hin und her torkelnd, zu den schneebedeckten Bergkämmen hinauf. Er mußte innehalten, da er vom Laufen ganz außer Atem gekommen war. Die harten und eisig kalten Schneeflocken stachen ihm ins Gesicht und setzten sich unter seinen Kleidern fest, während sie ihm den Hals mit einem engen Metallband verschnürten.

Plötzlich drang eine leise, rhythmische, etwas schrille Musik durch das Heulen des Windes, das ihm in den Ohren dröhnte.

Wie beim ersten Mal hörte er den Unbekannten mit der Flöte nach ihm rufen.

»Algis Adamci!«

Er drehte sich um.

»Wer bist du?«

Der Unbekannte antwortete nicht sofort auf seine Frage.

»Vorsicht, Algis Adamci: die Inseln im Monde sind Wirklichkeit! Hier kannst du zu Tode erfrieren oder am Südstrand ertrinken, oder sogar an einem Felsen in die Tiefe der Schlucht zerschellen. Und jedesmal wirst du wirklich sterben!«

»Und, was sind nun die Inseln im Monde?«

»Es gibt eine Art Zeitfeld, in dem du gefangen bist. Unaufhörlich entgleiten Bestandteile der Wirklichkeit der Zeit. Es sind die Kopien der Menschen und der Dinge, die die Zeit aus verschiedenen Gründen von sich weist. Sie versammeln sich auf verschiedenen Kraftlinien des Feldes, die sie für die Reisenden materialisieren ...«

»Die Reisenden?«

»Ja. Du bist einer von ihnen! Und die Bestandteile zeigen dir auch die Grenzen auf, die du nicht überschreiten darfst. Wenn du ins Leere springst, so wirst du aus dem Feld herausfallen und an der Gegenwart zerschellen, die du eben verlassen hast ... Und die Kälte, die auf dem Plateau herrscht, ist ein Zeichen dafür, daß es Risse im Feld gibt. Der Schutz durch die Insel ist nicht mehr gänzlich gewährleistet. Du darfst dich nicht weiter voranwagen. Und wenn das Phänomen sich über die ganze Insel ausbreitet, so mußt du fortgehen ...«

»Wohin?«

»Du wirst dir eine andere Insel suchen müssen.«

Algis wiederholte seine erste Frage.

»Wer bist du?«

»Was? Hast du das nicht erraten?«

»Vielleicht ...«

»Ich bin natürlich du!«

Die Stimme verstummte. Einen Augenblick lang kämpfte der Klang der Flöte gegen den Wind an, aber dann wurde er immer schwächer.

Algis drehte sich zwei-, dreimal um sich selbst; zögernd und mit der großen Versuchung, sich der Kälte weiterhin zu nähern. Er glaubte, falls er bis dorthin gelangen würde, von der Spitze des eingeschneiten Bergkammes aus das ganze Universum überschauen zu können, von der Geburt der Sonne bis zum Ende der Menschheit und noch weiter darüber hinaus ...

Also waren die Inseln im Monde – über die die Simakologen nur spöttelten – *Rettungsinseln der Zeit*. Wirklichkeit? Eine Mischung aus Wirklichkeit und Illusion, wie alles andere auch. Die *Baby-Welten*, die sich um die Rettungsinseln scharten, waren sicherlich auch nur trügerische Erscheinungen. Aber welcher Schein trügt nicht?

Algis brach erneut gen Norden auf. Fast gleichzeitig drohte er zu ersticken. Der Wind wurde immer eisiger, die Luft immer sauerstoffärmer. Wie Säuretropfen brannten ihm die Kristalle auf der Haut ... Er machte noch einige Schritte. Aber es war unmöglich voranzukommen. Ein schwarzer Schleier legte sich ihm auf die Augen. Er fiel auf die Knie.

Er wurde in eine *lauwarme* Pfütze geworfen. Er erhob sich erneut und lief weiter. Das Mikroklima-Gewitter über ihm wurde noch heftiger. Er war nach Bora-Aul zurückgekehrt. Der Blitz schlug vor ihm ein. Ein Baum mit langem dünnen Stamm stürzte ihm fast vor die Füße. Er machte einen Sprung zur Seite und wich ihm aus. Er begriff, daß er den Baum einige Sekunden im voraus hatte fallen sehen, genau auf die Stelle, wo er hätte stehen müssen; so wurde ihm ein weiteres Mal das Leben gerettet.

Nun ging er an einer Reihe halb überschwemmter, halb ausgerissener, halb geköpfter Zwergpalmen entlang. Die Allee lag etwas höher. Algis patschte durch zehn Zentimeter tiefes Wasser, doch weiter unten, nur wenige Schritte von ihm entfernt, zog ein brodelnder Strom vorbei, auf dem Baumstämme, Menschenleichen und Tierkadaver dahintrieben.

Das Gewitter ballte sich über Bora-Aul zusammen. Die atmosphärischen Ventile des Mikroklimas explodierten. Ein monströses Trommeln setzte ein.

Plötzlich tauchte hinter Algis ein mächtiges Amphibienfahrzeug auf; er drehte sich um und sah, daß der Lauf einer Strahlenwaffe genau auf ihn gerichtet war. Erneut begann er taumelnd davonzulaufen. Der ihn umgebende Raum wurde in Glut getaucht. Ein bläulicher Fadenregen entfaltete sich um eine orangefarbene Blase. Algis schloß die Augen. Ein vorsintflutliches Geheul fiel vom Zenit, stieg hoch aus dem Zentrum der Welt, brach aus allen Horizonten hervor. Wie eine Bombe fiel der klimatische Hyperzyklon auf Bora-Aul.

Eine riesige Hand ergriff den Panzerwagen des Sicherheitsdienstes und warf ihn in die Luft, wo ein gigantischer Schlund ihn entzweiriß. Die zerdrückten Maschinenteile blieben hoch über der formlosen Brühe aus Bäumen hängen ... Blieben hängen? So zumindest sah es Algis, als er die Augen öffnete. Ein starres, grellblaues Licht beleuchtete diese Szene maßloser Verzweiflung ...

Die im Raum hängenden Trümmer, der unbewegliche

Blitz ... Erst nach zwei oder drei Sekunden begriff Algis, daß er sich ein weiteres Mal vom Strom der Zeit gelöst hatte. Die Gegenwart existierte nicht mehr für ihn. Vielleicht hatte er sie für immer verloren. Wie eine Fotografie betrachtete er den Augenblick, da er dem Tod mit knapper Not entgangen war.

Denn zweifellos hätten die Strahlenwaffen des Panzers ihn zunichte machen, der Zyklon ihn zerquetschen, in Fetzen reißen müssen. Doch als die Männer des Sicherheitsdienstes wirklich auf ihn schossen, da war er nur mehr ein Phantom, dem weder die Kugeln noch das Feuer, noch irgendeine andere menschliche Waffe etwas anhaben konnten. Und als der Zyklon die Stadt Bora-Aul einige Sekunden später endgültig von der Landkarte radierte, da schwebte er, *leichter als die Zeit,* über eine Totenlandschaft hinweg: über das erste Schlachtfeld des hundertfünfundsiebzigjährigen Krieges.

VIERTES KAPITEL

Langsam verhärtete sich der Boden wieder unter seinen Füßen, und der Schnee auf seiner Haut wurde kalt. Instinktiv zog er den Kopf ein, um zu versuchen, sich gegen den Wind zu schützen. Dann hob er den Kopf und sah, etwa hundert Meter entfernt, seine vom Sturm niedergerissene Hütte. Er lächelte. Die Hütte war eine behagliche Kajüte auf dem Floß der Zeit, das ihn forttragen würde.

In die Ewigkeit forttragen würde?

Ein letztes Mal betrachtete er das verschneite Plateau. Der Bergkamm war unter der grauen Decke verschwunden, die das Loch am Himmel abdichtete. Was hatte der Unbekannte mit der Flöte gesagt? Der Unbekannte, der er selbst war in seiner eigenen Zukunft? »Die Kälte auf diesem Plateau ist ein Zeichen dafür, daß es Risse im Feld gibt ...« Ja, das wußte er. In der Leere der Zeit, wie auch in der Leere des Raumes, lag die Temperatur um den absoluten Nullpunkt. Das Schutzfeld, auf dem er sich fortbewegte, garantierte in dieser Hinsicht keine absolute Sicherheit mehr.

Algis brauchte die Hilfe des Flötenspielers nicht mehr, um Informationen über seine zukünftigen Erfahrungen übermittelt zu bekommen. Der Flötenspieler war nur eine List seines Hirns. Nun konnte er diese Informationen unmittelbar seinem Gedächtnis entnehmen. Doch seine Erinnerungen, sowohl die an die Zukunft als auch die an die Vergangenheit, blieben noch unbeständig; und manchmal entfielen sie ihm genau in dem Augenblick, da er sie erreicht zu haben glaubte. Denn er lebte in einer Welt der Unbeständigkeit ...

Er ging auf die Hütte zu, indem er den Kopf im Sturm nach vorne beugte. Das kleine Holzhaus bot nur unsicheren Schutz. Wahrscheinlich müßte er es schon bald, ›eines Tages‹, wieder verlassen. Aber was war schon ein Tag in einer

Baby-Welt, die über die Zeit und die Geschichte hinwegschwebt? Vielleicht müßte er sogar die Insel verlassen. Schon im voraus fand er sich damit ab. Seine Zeit hatte er bereits verlassen, und er wußte, daß er sie niemals wiedersehen würde.

Die Inseln im Monde schwebten über dem Zeitstrom. Mit äußerster Langsamkeit konnten sie am Himmel der Geschichte herumirren, manchmal innehalten oder aber ihre Flucht beschleunigen, um in wenigen Stunden subjektiver Zeitdauer Jahrhunderte zu durchqueren; doch zurückkehren konnten sie nicht. Oder wenn sie es ausnahmsweise doch taten, so kam es zu einer Explosion, zu einem vielleicht tödlichen Sturz in den Zeitstrom und auf alle Fälle zum Ende der Reise.

Algis wußte, daß seine Insel sich dem Rand der Zeit näherte. Und der Gedanke an das, was ihn dort erwartete, erregte und beunruhigte ihn gleichermaßen. *Und die, die dort auf ihn wartete?* Nein, vielleicht war es nur ein verrückter Traum. Er zog es vor, lieber nicht an Ann-Li Lang zu denken ...

Er ging auf die Hütte zu. Seine Füße versanken im knirschenden Schnee. Er stolperte, stand wieder auf. Der Schnee bedeckte das Dach und begann an den Mauern hochzusteigen. Keuchend blieb er stehen, um tief Luft zu holen. Dann sah er am Fuße der Treppe eine ihm zugewandte weibliche Gestalt. Eine ziemlich große, fröstelnde schwarze Frau in einer eng anliegenden, dünnen weißen Tunika. Er erkannte Loé Dantika. Vor verwirrter Erregung begann ihm das Herz wie wild zu pochen: vor Verlangen, vor Hoffnung und Angst. Obwohl die Angst am größten war, lief er auf Loé zu.

Sie kam ihm einige Schritte entgegen und streckte eine Hand nach ihm aus, die er aber nicht zu drücken wagte. Schließlich überlegte er es sich doch anders und schloß seine Hand um ihre warmen, sehr lebendigen Finger – oder fühlten sie sich nur so an?

»Gehen wir schnell hinein!« sagte er mit ruhiger Stimme.

Loé lächelte ihm freundlich, fast zärtlich zu. Er trat zur Seite, um sie vorbeizulassen. Hastig streifte sie seine Wange mit den goldlackierten Fingern ihrer schlanken Hand. Algis zuckte zusammen. Eine Sinnestäuschung? Loé Dantika war nur eine aus diesem oder jenem Grund *von der Zeit zurückgeworfene Kopie.*

Im Hauptzimmer, dem Gemeinschaftszimmer des Landhauses, war die Temperatur mild. Algis zündete die Gaslampen an. Loé näherte sich ihm.

»Weißt du, daß es mir bei dir sehr gut gefällt?«

Algis antwortete nicht. Sie zog ihre vollkommen durchnäßte und zerrissene Tunika aus. Er zeigte ihr das Badezimmer. Sie lachte und zog sich vor seinen Augen vollständig aus. Sie tat einige Schritte und hielt ihre Hände wie zwei Schalen um ihre Brüste. Nun war sie nicht mehr die Loé Dantika aus Bora-Aul, sondern die junge schöne Schauspielerin aus *Die verlorene Krone.* Jetzt wußte er, warum sie von der Zeit zurückgeworfen worden war.

Madame Dantika war in Bora-Aul in dem orkanartigen Sturm umgekommen, der das Mikroklima zerstört hatte, und Algis fragte sich, ob er dem Ende der Ewigkeit in Begleitung eines Phantoms entgegensteuern würde.

Splitternackt näherte sich Loé den im Kamin angehäuften Holzklötzen. Sie zerknüllte eine auf einem Tisch liegende Zeitung, nahm ein Feuerzeug aus einer Wandnische und ließ eine Flamme auflodern. Fasziniert schaute Algis ihr zu. Sie war ein Phantom, das außerordentlich lebendig aussah. Er spürte, wie sein Verlangen nach ihr gewaltig wuchs. Er zog seinen Overall aus. Sie näherte sich ihm, um ihm dabei zu helfen. In diesem Augenblick zersplitterte der Wind eines der Fenster. Eine kleine Schneewolke wehte ins Zimmer. Ein eisiger Luftzug kam auf. Das ganze Haus begann zu zittern. Vom Dach war ein dumpfes Krachen zu hören.

Algis trat ans Fenster und zog sich wieder an. Plötzlich wich er zurück. Er wandte sich Loé zu, die sich in einen Vorhang gehüllt hatte und mit den Zähnen klapperte.

»Wir müssen fort von hier«, sagte er.

»Aber wohin?«

»Zur Felsschlucht. Dann werden wir weitersehen. Vielleicht werden wir diese Insel verlassen müssen. Und eigentlich ...«

Er sprach seinen Satz nicht zu Ende. Fast hätte er gesagt: »Wie sind Sie hierher gekommen?« Aber diese Frage hatte keinen Sinn. Loé war nur ein von der Zeit hin und her geworfenes Phantom. Vielleicht hatte sie im Moment ihres Todes an ihn gedacht ... Wie sollten sie die Insel jetzt verlassen?

»Ich glaube, hier finden Sie etwas zum Anziehen«, sagte er, indem er einen Wandschrank öffnete.

»Ich bin glücklich, mit dir zusammen zu sein«, sagte Loé.

Algis zuckte zusammen. Würde er sich je daran gewöhnen können, mit dem Schatten einer Toten zusammenzuleben? Ein zweites Fenster zersplitterte. Nackt schlüpfte Loé in einen langen Pelzmantel.

»Der Eingang zur Schlucht liegt nur fünfzig Meter von hier entfernt«, sagte Algis. »Wir werden es schaffen.«

»Und du glaubst wirklich, daß wir dort in Sicherheit sind?«

»Ja, ich glaube schon ... Gehen wir!«

Der Wind riß ihm die Tür aus der Hand. Er bekam kaum Luft und stürzte sich mit gesenktem Kopf in den Sturm hinaus. Er spürte, wie Loé sich an ihm festklammerte. Er hatte gehofft, sie würde weggeweht werden. Aber nun mußte er sich gezwungenermaßen damit abfinden, daß sie in dieser Welt genauso wirklich war wie er. Genauso wirklich wie der Boden der Insel, die Atmosphäre, die Bäume, der tobende Orkan, das Wasser, die Luft, der Schnee ... Sie war eines dieser aus der Zeit gerissenen Elemente, die gemeinsam eine Insel des Mondes bildeten. Sie war nur ein Teil dieser Insel. Und er selbst war es, der dieses verfestigte graphische Bild mit seiner Phantasie und seinen Erinnerungen zum Leben erweckte!

Er versuchte zu laufen, konnte aber nur durch den ihm bis

zu den Schenkeln reichenden Neuschnee waten. Er fiel hin, schleppte sich auf den Knien weiter. Es gelang ihm, sich wieder zu erheben. Loé war noch immer bei ihm. »Nur Mut!« rief er. Beinahe wäre er in ein bitteres, verrücktes Lachen ausgebrochen. Tote brauchen keinen Mut. Es sei denn ... es sei denn, diese Welt ist ganz einfach die Hölle!

Er lachte nicht, konnte ein Stöhnen aber auch nicht unterdrücken. Der Schneesturm schnitt ihm die Hände auf und verletzte ihm die Augen. Seine Lippen ähnelten zwei gefrorenen Lederstücken. Sein Körper schien eine steife Ansammlung aus alten Holzstücken zu sein.

Fünfzig Meter? Ist das weit, fünfzig Meter? Nein ... Vorausgesetzt, man geht in die richtige Richtung. Plötzlich sah er durch den grauen glänzenden Vorhang, der das Plateau bedeckte, die Stützpfeiler der Brücke; undeutliche, in Nebel gehüllte Umrisse sowie die schlanke Silhouette des schmalen Fußgängerübergangs, der einem nur angedeuteten, vom Gewitter fast gänzlich verwischten Strich ähnelte. Vom stürmischen Wind heftig hin und her gerissen, schwankte und knarrte die Brücke. Die gequälten Stützbalken sandten schrille Pfiffe aus ...

Algis und Loé ruhten sich eine Weile aus. Sie lagen flach auf dem Erdhügel, der sie etwas vor dem Wind, nicht aber vor dem Schnee schützte. Als Algis den Kopf hob, um die Passage zu orten, durch die sie in die Schlucht gelangen würden, sah er, in östlicher Richtung und ganz unten am Horizont, ein kleines am Himmel befestigtes Licht. Ein Stern? Fast gleichzeitig hörte er die geheimnisvolle Flöte. Seltsamerweise durchdrang die leise süßsaure Musik mühelos das dumpfe Grollen des Sturmes. Dann hörte er die Stimme seines Doppelgängers, den er immer noch den ›Unbekannten mit der Flöte‹ nannte und der ganz dicht an seinem Ohr in abgehacktem und ängstlichem Ton sprach: »Ich bin gekommen, um dich zu warnen. Du darfst jetzt nicht versuchen, die Insel zu verlassen. Das Translationsfeld ist ernsthaft gestört. Wir durchqueren die zweite Dekade des hundertfünfundsiebzigjährigen Krieges. Verschiedene Waffen, die die Streitkräfte in dieser Periode einsetzten, sind chronoaktiv und beschädigen das Zeitfeld. Aber das wird besser werden, wenn wir diesen Krieg erst einmal überflogen haben!«

»Was soll ich tun?« fragte Algis.

Er bekam keine Antwort. Die Flöte war verstummt. Sein Doppelgänger war erneut in wer weiß welche geheimnisvolle Dimension zurückgekehrt. Auf alle Fälle kannte Algis die Antwort. Zumindest konnte er sie in seinem Gedächtnis wiederfinden. Er mußte sich während wenigstens hundert Jahren in der Tiefe der Schlucht verborgen halten. In der letzten Phase des Krieges hatten die Menschen, die bereits im Begriff waren, auf die Inseln im Weltraum auszuwandern, sich nur noch Nachhutgefechte geliefert und auf die hochentwickelten, Mitte des einundzwanzigsten Jahrhunderts eingesetzten Waffen verzichtet ... Sich verstecken und warten. Hunderte Jahre, das war für einen Wiki nicht mehr als eine Woche subjektiver Zeit. Nicht mehr und nicht weniger.

Er faßte Loé am Handgelenk, kniete nieder mit gekrümmten Schultern, holte tief Luft und stand wieder auf, indem er die junge Frau mit sich fortzog. Erneut stürzte die eisige Hölle sich ihm entgegen. Der Nordwind schleuderte ihm brennenden Staub ins Gesicht. Der Frost zerriß ihm Mund und Hände, drang ihm in die Augen, bohrte sich ihm in den Schädel. Er lief, zerrte Loé hinter sich her; plötzlich schien sie leicht zu sein wie ein Phantom. Erneut fielen sie hin. Sie krochen auf Händen und Füßen weiter; mit halb geschlossenen Augen, den Schnee schluckend und den Wind trinkend. »Hier kannst du dich zu Tode erfrieren«, hatte sein Doppelgänger gesagt. »Und du wirst wirklich sterben!«

Plötzlich spürte Algis, wie die linke Seite seines Körpers vereiste. Sein Herz schien auszusetzen. Er bemerkte, daß auch Loé an ihm zerrte. Er zitterte. Die Tote, die ihn aus dem Grabe zieht! Er dachte: Die Zeitlosigkeit, das ist die Hölle. Wir sind in der Hölle! Als er die schmerzenden Lider hob, die ihm zerbrechlich wie Glas vorkamen, da sah er, nur wenige Meter von ihm entfernt und zu seiner Rechten, einen Felsen in der Form eines sitzenden Hundes, der den Eingang zur Schlucht kennzeichnete. Er bekam wieder Luft. Er hatte wieder Kraft genug, um Loé bis an den Rand der Schlucht zu führen.

Eine eigenartige, fahle Helligkeit herrschte unterhalb des Plateaus. Hand in Hand eilten Algis und Loé einen steilen Weg hinab, über den geschmolzener Schnee rieselte. Über ihnen heulte der Wind, aber er erreichte sie nicht mehr. Einige weiße Flocken bestäubten die tropische Vegetation in dieser Schlucht.

Die Temperatur kam ihnen unwahrscheinlich mild vor. Algis widerstand der Versuchung, sich sogleich ins feuchte Moos, in die lauen Farne zu legen, um eine ganze Woche lang zu schlafen und die Zeit zu vergessen. Sie benötigten eine Unterkunft, für den Fall, daß der Sturm bis in die Tiefe der Insel vordringen würde. Oberhalb der Brücke, zwischen einem Bergahornwald und einer Flußschleife, kannte Algis eine Hütte. Ein von kleinen, in dieser Schlucht lebenden Säugetieren ausgetretener Pfad lag vor ihnen. Sie folgten ihm. Je weiter sie im Schutz der Vegetation vorankamen, um so wärmer wurde es. Loé zog ihren Mantel aus, warf sich stolz in die Brust und ließ ihre Muskeln spielen.

»Das ist genau mein Land!« sagte sie. »Hier gefällt es mir sehr.«

Unter einem fast brennenden Regenguß erreichten sie die Hütte. Es war ein kleiner Bau, der aus einem gut ineinandergepaßtes Gefüge aus belaubten Baumstämmen bestand, von einer dichten Strohschicht bedeckt wurde und mit einer hölzernen Tür und an beiden Seiten mit zwei verglasten Luken versehen war.

Die Sonne stand am Zenit, und der Regen fiel in großen Tropfen.

Algis hob einen Holzschnepper auf und öffnete die Tür. Die beiden Luken erhellten den einzigen Raum der Hütte nur schlecht. Der Fußboden war mit groben Teppichen bedeckt. Eine auf Kissen ausgestreckte Frau erhob sich mit geschmeidigen Bewegungen und ging lächelnd auf Algis und Loé zu.

Obschon sie mit einem langen bunten Kleid in afrikanischem Stil bekleidet war, hatte sie eine helle Haut und blonde Haare. Algis erkannte Gella.

FÜNFTES KAPITEL

Über das Plateau pfiff nach wie vor der Schneesturm. Manchmal drang er in die Schlucht vor. Der geschmolzene Schnee tropfte in den Dschungel und stieg von den verbrannten Blättern als Dampf wieder hoch. Die Vegetation verwelkte. Fäulnisgeruch stieg vom Boden auf. Die Tiere flüchteten talabwärts ... Die Insel endete einige hundert Meter weiter südlich. Würden die Tiere sich ins Leere stürzen?

Algis arbeitete an der Hütte, dichtete die Löcher ab, verstärkte das Dach, isolierte Türen und Fenster. Gella und Loé ernteten die Früchte, die ihnen als Hauptnahrungsmittel dienten. Aus einer nahen Quelle schöpften sie das Wasser, das ihr einziges Getränk war.

Allerdings gab es auch in der Hütte etliche Vorräte, Kisten voller Lebensmittel und Flaschen: Fleisch und getrockneten Fisch, Kichererbsen, Tee, Gewürze, Wein, Alkohol ... Das alles schien aus dem neunzehnten Jahrhundert zu stammen. Es war in ausgezeichnetem Konservierungszustand. Doch Algis hatte beschlossen, diesen Vorrat aufzuheben für den Fall, daß der Sturm auf die Schlucht niedergehen und es unmöglich sein würde, sie zu verlassen.

Nach wie vor überflog die Insel den Krieg. Algis wußte, daß er sich nicht aus diesem unsicheren Schutz herauswagen durfte, den sie darstellte. Sobald sie die Gefahrenzone hinter sich gelassen hätten, würde er das schon bemerken, so oder so. Er wartete mit der unendlichen Geduld des reisenden Wikis, für den die Sterne nur am Himmel befestigte Lichter sind und die Zeit nur einen Fluß darstellt, der sich tausend Kilometer weit durch die Erde der ›Ewigen Kälte‹ schlängelt.

Seine beiden zärtlichen, verjüngten und freudestrahlenden Phantome sorgten für seine alltägliche Bequemlichkeit.

Vielleicht waren sie nur schwebende Bilder auf dem Translationsfeld. Aber es gelang ihm nicht, zu irgendwelchen Zweifeln an ihrer Wirklichkeit zu kommen.

Er schaute ihnen zu, wie sie aßen, tranken und ihr Leben lebten. Müssen Zeitgespenster essen? Hat man je gesehen, wie ein Schatten sich den süßen Saft einer überreifen Frucht vom Kinn wischt, die er in seinem Mund zerdrückt hat? Algis schlußfolgerte: Diese Nahrung sowie das Wasser, daß sie trinken, sind nicht wirklicher als sie selber! Nicht wirklicher als ich. Also kommt es mir nur so vor, als würde ich trinken und essen …

Ist auf der Insel des Landhauses und der Felsenschlucht alles nur Illusion? Einen Moment lang war Algis davon überzeugt. Schließlich jedoch machte er sich eine differenziertere Vorstellung von seiner Situation.

Das Translationsfeld war Wirklichkeit. Ebenso das Zeitschiff, das sich durch dieses Feld bewegte. Aber zweifellos war die ›Insel im Monde‹, wenigstens zum großen Teil, ein auf die energetischen Strukturen des Schiffes aufgesetztes Dekor … War nicht die ganze Welt ein zum Teil auf unergründbaren Strukturen ruhendes trügerisches Dekor? Und versuchten nicht verschiedene Mystiker, die äußeren Erscheinungen mit Hilfe der Askese und der Meditation zu verwerfen, um zur allerletzten Wahrheit zu gelangen?

Algis glaubte, die Gespenster mit äußerstem Konzentrationsaufwand vertreiben und die wirkliche Insel erkennen zu können. Es gelang ihm vielleicht ein oder zwei Sekunden lang. Es war ein wirres Durcheinander von beweglichen Linien, von grauen und schwarzen Platten, die sich wie Schuppen übereinanderschoben … Da waren keuchende Münder, blinde Augen, undeutliche Formen, gezeichnet in das Raster eines vibrierenden Gewebes, das sich unaufhörlich auflöste, um sich dann wieder zu erneuern … Panische Angst packte ihn und verschlug ihm den Atem … Sein Hirn lehnte sich auf. Alsdann flüchtete er ins Vergessen.

Von da an verzichtete er auf alle Mühen und fand sich voller Dankbarkeit ab mit dem falschen Inseldekor und den Gespenstern aus lebendigem Fleisch, die es bewohnten.

Dann entkorkte er eine Flasche Rotwein mit einem aus einem Heft ausgeschnittenen Etikett, das ein mit violetter Tinte und von Hand geschriebenes Datum trug: 1898. Er trank ein Viertel aus der Flasche. Es war ein trügerischer Spitzenwein.

Allmählich verschlechterte sich die Lage tief unten in der Schlucht. Die Temperatur sank regelmäßig. Fast ständig fiel nun ein eisiger, mit Schneeflocken vermischter Regen. Die von der Kälte angegriffenen Früchte faulten und zerplatzten am aufgeweichten Boden. Es wurde wieder viel kühler: Der schneidende Wind glich einem Schneesturm.

Der Himmel über dem Plateau war immerzu mit Schneewolken bedeckt.

Loé versuchte, in der Hütte Feuer zu machen. Gella wollte sie daran hindern und schrie, alles würde in Flammen aufgehen. Algis beobachtete die beiden Frauen mit Vergnügen. Sie baten ihn um seine Meinung. Falls die Hütte nur eine Illusion war, so würde ein Feuer die allerletzte Wirklichkeit vielleicht an den Tag bringen. Doch er hatte bereits einen Eindruck von dieser Wirklichkeit bekommen: So bevorzugte er die Illusion. Und gab Gella recht.

Loé klapperte mit den Zähnen. Trotz der Kleider, der Pelze und Decken, in die sie sich hüllten, begannen die drei Reisenden immer grausamer unter der Kälte zu leiden.

Eines Tages sahen sie, wie die menschlichen Bewohner der Schlucht gen Süden flüchteten, das heißt, stromabwärts, wie es die Tiere vor ihnen getan hatten. Es waren kleine Menschen mit dunkler Haut und dünnen Gliedern. Sie hatten den Gang von hüpfenden Automaten.

Bald kamen sie zurück. Am Ende der Schlucht waren sie nur auf die dunkle, eisige Leere gestoßen. Algis und seine Gefährtinnen sahen, wie sie zögerten und sich berieten, bevor sie sich in die am Fuß der nördlichen Felswand gegrabenen Höhlen zurückzogen.

Algis beschloß, sich mit ihnen zu treffen oder es ihnen wenigstens nachzumachen.

Nach mehreren Versuchen fanden die drei Zeitreisenden eine Höhle, die ihren Vorstellungen entsprach: eine geschützte tiefe Höhle mit einer Quelle reinen Wassers. Sie transportierten die in der Hütte gehorteten Vorräte dorthin. Später besuchten sie die kleinen Menschen der Schlucht, die ihnen riesige Mengen getrockneten Grases brachten. Einige blieben bei ihnen.

Bald waren es ihrer zehn.

Auch die kleinen Menschen besaßen Vorräte. Man teilte sie auf. Das Leben in der Höhle war ziemlich bequem. Manchmal begab sich ein Beobachter zur Schlucht und stieg an den Rand des Plateaus hoch, um zu sehen, ob der Sturm noch immer andauerte.

Und es stürmte weiter.

Eines Tages tauchte ein Simak auf. Er kam aus dem hunderteinundzwanzigsten Jahr des hundertfünfundsiebzigjährigen Krieges. In vierundfünfzig Jahren würde das Schiff endlich in ruhigere Gewässer gelangen.

Der Simak erzählte von einer Welt der Angst, der Demütigung, des Leidens und der Hoffnung, die jenen zahlreichen Welten ähnlich war, die einander im Strom der Zeit gefolgt waren. Und um das Unglück zu vergessen, besuchte er, wie alle Simaks, die Inseln im Monde …

Die Zeit verging: weit unterhalb der Insel. Eine Woche, ein halbes Jahrhundert. An einem anderen Tag sahen die Reisenden am Eingang der Höhle eine große Helligkeit. Die kleinen Menschen stürzten hinaus. Loé folgte ihnen und schrie: »Die Sonne! Die Sonne!« Algis folgte etwas später. Er sah, daß das Gewitter vorbei war. Gella weigerte sich, die Grotte zu verlassen.

Die kleinen Menschen mit der dunklen Haut und die Simaks, die aus der Zeit kamen, halfen Algis und seinen Gefährtinnen dabei, die vom Sturm fast gänzlich zerstörte Hütte zu reparieren. Gemeinsam bauten sie neue Hütten in der Schlucht, auf dem Plateau und am Südstrand. Es kamen immer mehr Simaks.

Frei und glücklich lebten sie in einer friedlichen, von den Menschen für immer verlassenen Welt. Aber noch immer liebten sie es, die Inseln im Monde zu besuchen.

Algis lernte, wie man sich in den Zeitstrom projizieren ließ. Das war möglich, da die Insel mit extremer Langsamkeit über das dreiundzwanzigste Jahrhundert schwebte.

Er kehrte ins Land der Simaks zurück. Viele waren nun zu genetischen Simaks geworden. Ihre Kinder wurden als Simaks geboren. Alle waren Simaks. Fast alle ... Die anderen, jene, die man die ›alten Wölfe‹ nannte, stellten nur noch eine winzige aussterbende Minderheit dar. Die Kinder, die mit den Eigenschaften der alten Rasse auf die Welt kamen, hätten durch Ansteckung zu Simaks werden können. Oder aber sie würden zu ihren Angehörigen in den Weltraum aufbrechen.

Der Krieg war zu Ende. Für immer. Obwohl die Städte noch bewohnt waren, gab es keine städtische Zivilisation mehr. Die Simaks lebten vorzugsweise in kleinen oder größeren Dorfgemeinschaften, wo es weder Herren noch Diener gab. Ihre Städte stellten nur noch ein Nebeneinander unabhängiger Viertel dar.

Von der Technologie übernahmen sie nur ein nützliches Minimum.

Sie führten ein einfaches, aber hartes Leben. Doch sie waren damit zufrieden. Sie hatten sich die Genügsamkeit und Treuherzigkeit der ersten Simaks bewahrt. Niemand demütigte sie, niemand beutete sie aus. Nichts mehr störte ihre natürliche Fähigkeit zum Glücklichsein. Sie waren glücklich ... Glücklich wie Hunde. Sie bildeten die Menschheit des perfekten Lebens.

Und sie besaßen die Inseln im Monde.

Eines Tages, nach einem Sprung in den Zeitstrom, konnte Algis die Insel des Landhauses und der Schlucht nicht wiederfinden. Er richtete sich auf einer anderen, kleineren und schnelleren Insel ein. Loé folgte ihm bald. Auf dieser Insel war das Dekor gleichzeitig einfacher und komplizierter. Diese Insel glich tatsächlich einem über die Zeit hinwegsegelnden Schiff. Das am Bug liegende Hauptwohnzimmer erinnerte an den Rumpf eines Flugzeugs mit großen runden Fenstern, durch die man den tiefer liegenden Zeitstrom betrachten konnte.

Die Bequemlichkeit dort war außergewöhnlich. Viele Simaks besuchten sie. Manchmal bedeckten sie wie Pinguine auf einer Eisbank das gesamte winzige Territorium.

Mit zunehmender Geschwindigkeit überflog die Insel das dreiundzwanzigste Jahrhundert. Im Jahre 2293 tauchte Algis ein letztes Mal in den Zeitstrom ein. Das vierundzwanzigste Jahrhundert zog sehr schnell unter dem Schiff vorbei. Die Simaks kamen immer seltener. Und jene, die kamen, konnten nicht lange bleiben. Die Insel war zu schnell ...

Aber in der Tiefe, da änderte sich nichts.

Fünfundzwanzigstes Jahrhundert. Sechsundzwanzigstes Jahrhundert ... die Simak-Zivilisation bestand weiter. Sie würde tausend Jahre dauern. Oder zehntausend. Oder hunderttausend.

Es gab keine Städte mehr. Viele Tiere waren zu Intelligenz gelangt. Ihre Gesellschaften mischten sich unter die der Simaks. Bald – in drei oder vier Jahrhunderten – würden sie zusammen nur noch eine Gesellschaft bilden.

Es gab noch andere Veränderungen. Die ferne, sehr ferne Welt der Zeit, die sich immer weiter vom Schiff entfernte, wurde anders und unverständlich.

Die Insel entfernte sich vom Strom. Sie empfing keine Besucher mehr.

Algis begann darüber nachzudenken, was ihn wohl am Ende der Reise erwartete.

Was erwartete ihn am Ende der Ewigkeit?

Der Klang der Flöte gab ihm zu verstehen, daß er angekommen war. Neben seinem Doppelgänger stehend, erwartete ihn Ann-Li.

»Ich habe auf dich gewartet«, sagte sie.

»Ich wußte, daß du hier sein würdest«, sagte er.

Er schaute Loé an. Sie lächelte. Er ergriff Ann-Lis Hand. Loé nahm die andere. Gella kam plötzlich angelaufen, mit zerzaustem Haar und halbnackt.

»Aber wir leben?« sagte Algis zu Ann-Li. »Und sie sind tot?«

»Ich glaube, hier gibt es zwischen Lebenden und Toten keinen großen Unterschied!«

»Hier?«

Ein riesiger Kontinent. »Eine Million mal größer als die Erde!« sagte Ann-Li. »Und noch größer ...« Sie standen am Eingang einer seltsamen Stadt. Einer Stadt, die aus Teilen anderer Städte bestand, die Algis einst gekannt hatte. Und aus Raum-Zeit-Teilen, die Ann-Li bereits kennengelernt hatte. Und aus anderen, vielen anderen Teilen. Aus Quadratkilometer großen Feld- und Waldflächen, aus Mikroklima-Scheiben, aus Straßenabschnitten, winzigen Strandteilen ... aus Tausenden und Abertausenden von Bruchstükken der Welt, aus der sie kamen.

»Ich war ein Wiki«, erzählte Ann-Li. »Ich bin auf einer Insel erwacht. Ich habe nicht sogleich begriffen, was mit mir geschah. Und dann bin ich hierher gekommen. Ich wußte, daß du kommen würdest. Ich lauere schon seit ... seit dem Beginn der Ewigkeit auf dich! Ich wollte unbedingt mit dir zusammen archiviert werden!«

»Archiviert?«

»Ja ... hast du es nicht geahnt? Hier am Ende der Zeit befindet sich das Archiv des Universums. Und wir sind Teil davon!«

Sie spazierten durch die Gärten von Revention. Durch archivierte Gärten ... Das war Loés Welt. Und Loé war ein Blatt in den Archiven der Ewigkeit.

»Und wenn es die Zeit nur gegeben hat, weil wir nun hier sind und uns erinnern?« mutmaßte Algis.

Der Doppelgänger mit der Flöte tauchte auf, spielte einige Noten und sagte:

»Alles ist in den Erinnerungen!«

Da waren nun Togo Jeff, Gella, Major Lynbrook, Eddy, Russi Less Danx und viele andere mehr. Es war ihnen gelungen, sich ein winziges Territorium zu erschaffen, das nicht in der Vergangenheit lag. Ein außerhalb der Zeit und außerhalb der Ewigkeit liegender Teil des Universums, eine veränderbare und freie Blase der Wirklichkeit in einer Ecke der geordneten, unwandelbaren Archive ...

Sie nannten sie ›Inseln im Monde‹.

Und die Insel wurde größer, die Keimzelle einer neuen Zeit.